GUT Symmetries

Jeanette Winterson

越过时间的
边界

[英] 珍妮特 · 温特森 —— 著

于是 —— 译

湖南文艺出版社
HUNAN LITERATURE AND ART PUBLISHING HOUSE

博集天卷
CS-BOOKY

著作权合同登记号：图字 18-2020-039

图书在版编目（CIP）数据

越过时间的边界 /（英）珍妮特·温特森
（Jeanette Winterson）著；于是译 . -- 长沙：湖南文
艺出版社，2020.11
书名原文：Gut Symmetries
ISBN 978-7-5404-9556-5

I. ①越… II. ①珍… ②于… III. ①长篇小说—英
国—现代 IV. ①I561.45

中国版本图书馆 CIP 数据核字（2020）第 017633 号

上架建议：畅销·外国文学

YUEGUO SHIJIAN DE BIANJIE
越过时间的边界

作　　者：[英]珍妮特·温特森
译　　者：于　是
出 版 人：曾赛丰
责任编辑：刘诗哲
监　　制：邢越超
策划编辑：董晓磊
特约编辑：万江寒
版权支持：姚珊珊
营销支持：张婉希
版式设计：潘雪琴
封面设计：Cincel
出　　版：湖南文艺出版社
　　　　　（长沙市雨花区东二环一段 508 号　邮编：410014）
网　　址：www.hnwy.net
印　　刷：三河市鑫金马印装有限公司
经　　销：新华书店
开　　本：875mm×1230mm　1/32
字　　数：169 千字
印　　张：8
版　　次：2020 年 11 月第 1 版
印　　次：2020 年 11 月第 1 次印刷
书　　号：ISBN 978-7-5404-9556-5
定　　价：49.80 元

若有质量问题，请致电质量监督电话：010-59096394
团购电话：010-59320018

以挚爱

献给佩吉·雷诺兹

※

作者的话

1930 年冥王星被发现之前，

守护天蝎座的一度是火星。

鉴于帕拉塞尔苏斯 [1] 自称他被火星主宰，

所以言及他时，我会沿用他本人的学说。

---

[1] Paracelsus(约 1493—1541)，中世纪瑞士医生、炼金术士、占星师。其父是苏黎世的一名医生。帕拉塞尔苏斯是现代医疗化学的始祖，他认为宏观宇宙和微观人体是相对应的，还将西方神秘学体系中的行星与护符理论进行了对应。——译者注(以下若无特殊说明，均为译者注)

目 录
Contents

序幕

PROLOGUE

1493 年 11 月 10 日。瑞士，艾因西德伦。太阳处于天蝎座。

先有森林，林中有空地，地里有木屋，屋里有妈妈，妈妈肚里有孩子，孩子里面有座山。

帕拉塞尔苏斯：医师，魔法师，炼金术士，强烈的欲望，造物之主，神与一切，[1]诞生时天现异象，由火星主宰，并由其灵魂中的高山所推动。

关于他，我们知道什么？知道他又矮又丑；知道他的佩剑尺寸太大；知道他想当个英雄，但看上去更像个受害者；知道他是个好斗、喜欢抱怨、老打嗝、钟楼般的男人，胯骨松垮得活像个丑老太婆。这位才子[2]的身形如此畸怪，以至于有些人斗胆瞎猜他其实是女性。

不管是男人还是侏儒，给他带来极大声誉的终究是他超凡的禀赋。就算他和靡菲斯特[3]签了协约，那个老骗子也不会用寻常的手法犒赏他。帕拉塞尔苏斯树敌比交友更快，而且无论何时何事，但凡有点起色了，

---

① 原文为拉丁语。
② 原文为法语。
③ 靡菲斯特：歌德作品《浮士德》中的魔鬼，浮士德出卖了自己的灵魂给他。

他总会让自己再次陷入绝境。对一个不想把贱金属炼成金子的炼金术士来说，这或许是必要的习惯。帕拉塞尔苏斯和同时代的马丁·路德 ① 一样，想改变整个世界。

天蝎座的符号以毒蝎和老鹰为标志物。若说其本质在高层次上和天鹰盘桓的山峦一样崇高，那在低层次上就充满敌意和裂缝。投毒者和科学家是二面一体的。

二者皆有。帕拉塞尔苏斯受雇于巴塞尔城，被派去解决梅毒疫情，同时也像是他的再度诞生。中世纪的人思维封闭，逃不出内脏的范畴，帕拉塞尔苏斯常常在开膛破肚的尸体边高谈阔论。那可不是 19 世纪基于病理学的诊断模式。要说那是什么，就只能是以宇宙学为依据的诊断。帕拉塞尔苏斯笃信对应法则："如其在上，如其在下。"天上的黄道十二宫对应于人体。"银河贯穿腹部"。

你包含了什么？

死亡。时间。千年之光。在你内部洞开的膨胀中的宇宙。装满你二十三英尺长的肠子的是星星吗？

炼金术士寻觅的"合一的奇迹"和多维空间的雏形理论相差并不大，在多维空间里，所有看似错位和分离的原子世界、亚原子世界都被整合于互动合作的一个整体。这不可能出现在三维甚或四维空间中。至少，要十维，才能诱惑我们走出已知的领域。

---

① Martin Luther（1483—1546），16 世纪欧洲宗教改革倡导者，基督教新教路德宗创始人。

我们是星尘，死亡的剧痛会减弱吗？理论上并不会有死亡，那只是一次能量的转换，换成一种可能在另一个维度的东西。

天堂和地狱的合一？

老派怀疑论者总要这样问：如果地狱存在，那么，地狱在哪里？地狱占据了宇宙的哪个部分？坐标是什么？地狱必须有纬度坐标和经度坐标，必须能用卷尺和三角板量准。"在哪里"这个问题无法得到令人满意的答案。

很多人试图回答。传统观念认为，来世就深陷在地球的中心点：奥德赛从石洞进入珀耳塞福涅的冥界圣林，而维吉尔和但丁只能在意大利往地板下方张望。1714 年，英国人托拜厄斯·史云顿[1]发表了《探寻地狱之所在及其本质》并得出结论：地狱在太阳上面。1740 年，剑桥大学数学系的惠斯顿教授[2]，也就是牛顿的接班人，证明了地狱在土星上的某个地方。

在正常的虔诚和不正常的病态背后，如此意志坚决的探寻地狱之举或许还有些可靠的科学依据。我们认为，地狱很热。罪恶的灵魂煽燃无休止的地狱烈火，发散出的余热必定很惊人。热量会给我们线索。最近，物理学家们在我们的太阳系之外搜索热量辐射的证据。发达的文明体系的能量耗度理应很可观，我们应该可以探测到那种发散迹象。

---

[1] Tobias Swinden（1659—1719），英国神职人员，在剑桥大学基督学院获得学位。

[2] William Whiston（1667—1752），英国科学家、数学家、教士和作家，钻研科学和宗教，试图用牛顿物理学来阐释圣经故事。1703—1710 年接替牛顿担任卢卡斯教授席位，随后发表了《关于地球的新学说》（1696）、《地球的一个新理论》（1696）等有关科学和宗教的论文。

但至今一无所获。没有外星人，没有天堂，没有地狱。但也许它们都卷曲成普朗克尺度了，六维六度姐妹宇宙，比小更小，比大更大。

*

理论上是这样的。

最初，完美的十维宇宙裂变为二。这一边，我们的三维空间以及不可思议的时间扩展开来，以匹配我们的粗野；那一边，六维空间卷缩起来，变成极其微小的孤立之所。

这个隐藏在沉思中的姐妹宇宙在未来等待着我们，并且已拒绝了我们的过去。它或许是我们所有符号背后的终极符号，是东方的曼陀罗、西方的圣杯。自从人类学会关注自己的容颜后，我们始终凝视的对象，就是云遮雾绕的镜中映现出的这片往昔的美丽。

谁能否认我们心神不宁？我们创造的神话下面到底蹲伏着什么？始终都是一些分崩离析的实体存在。

天堂：伊甸园，我们被迫离开的地方。

孪生：失去的自我，另一半，再次圆满。

男性和女性：合二为一的一具肉身，难解之谜。

基督母题：圣灵注入人形，使其完整。

能否假设：创世记的时刻、我们那个被剥离的宇宙都被记录在我们体内的星尘中？那么，你包含了什么？所谓你的这些原子是从比太阳系更古老的星团里抖搂出来的。

我们就是初始。我们在时间之前。

或许就在这个充满双重对立（黑与白，善与恶，男与女，意识与无意识，天堂与地狱，猎人与猎物）的临时世界里，我们无法自已地把自己的初始演成一出戏：开始时是完整的，然后裂变，然后再去寻觅完满之道。

可怜这颗小小的蓝色星球，一直在时间和空间里穿梭寻觅。

———————

接下来的故事有关时间、世界、情事和纽约。愚人船，一个犹太人，一颗钻石，一场梦。一个劳工阶层的男孩，一个婴儿，一条河，用亚原子理论讲述不稳定物质的笑话。

时间：体验或观察到的变化所引发的概念。时间值由太阳沿轴心转动所产生的角度来衡量。事件发生的那个时刻。

世界：万事万物。作为和谐体系的完整的宇宙。

情事：爱情 [①]，或值得尊敬，或不值得尊敬。

纽约：曼哈顿岛。北纬 40°46′，西经 73°59′。

愚人船：中世纪的幻想。疯子／圣人扬帆出海，追逐不可能被找

———————————————————

① 原文为法语。

到的东西。

犹太人：希伯来人的后裔，或是希伯来宗教的信徒。被选中的人。
参见《圣经》。

钻石：结晶碳。所有矿物中最硬的一种。魔法石。

梦：一种真相的映象。

劳工阶层的男孩：资本主义的驱动力。或是男孩，或是女孩。没
有被引爆的梦。

婴儿：初始。本质的顿现。宝石的底座。

河：参考爱因斯坦、赫拉克利特、默西河、哈德孙河、时间。

物质：麻烦的谐音词①。在亚原子层面，倾向于存在的东西。

---

① 物质，麻烦，这两个词的英文都是 matter。

愚人

THE FOOL

这是在一条船上开始的，就像《暴风雨》和《白鲸》那样，在一个有限、有边界的漂浮空间里，大世界的小模板。狂野汪洋上的密封舱，犹如隔世秘教之所。这是脱胎换骨的炼金船，抗拒改变，却始终在转换的过程中。这是我们，脆弱、与世隔绝、完全自成一体，却又和彼此在一起，听命于各种元素。愚人船今晚起航，我们所有人都已上船。

这是一个真实的故事。如果看似奇特，问问你自己："什么是不奇特的？"如果看似不可能，问问你自己："什么是可能的？"

任何形式的度量都必须考虑到观测者的位置。没有绝对的度量，只有相对的度量。与什么相对，对这个问题而言至关重要。

这一直是我的难题、我人生中的难题。那些坚实而对称的支点，那些实质存在的决定性因素——父母，背景，学校，家庭，出身，婚姻，死亡，爱，工作——全都和我一样在变动中。本该稳定的，游移不定。我所知的固实之物，悄然溜走。可感知的、强大而稳定的平凡世界只是传说。地球不是平的。几何让位给代数。希腊人搞错了。

那些希腊人也是从船上起步，奠定了西方科学的根基——一门用两千五百年才回溯到其大前提的科学。在公元前6世纪，伊奥尼亚的米利都人深切关注他们所称的"physis"，即自然及其变化的法则：精神、人类、可观测的世界、苍穹中的天体。

到了公元前5世纪，赫拉克利特开始教授他的恒变学说：万物皆流变，而非固定不变。这种特质意味着万物永远在变化中，物质并非永恒存在，而是存在于变化过程中，流水使人无法两次踏入同一条河流。

但对他的对手巴门尼德来说，没什么会改变。巴门尼德传授的是神格之至高无上和物质的确定性。事物要么存在，要么不存在。变化遭到了存在的挑战。

不可改变的存在和永恒不断的变化无法调和，所以，希腊人机巧地得出两全之策：把精神和物质分开对待。两者边界分明，而原子论者在分界线旁写下了新见解：物质是由基本元素模块构建而成的；本质上死亡的消极粒子浮游在虚空中。它们的游移是由人类的个体精神和上帝的无上精神共同操控的。

经过了亚里士多德的系统化和精确化，这幅宇宙图景对我们来说已是众所周知、不言自明的了。物质与心智，物质与形式，都得到了令人信服的诠释，后来还被完整地纳入逐渐发展的基督教教义。科学和教会应该紧密整合在一起，但要到文艺复兴时期出现了与两派利益都相符的世俗与神迹共存的二元世界观，这种结合才成为可能。

这种模型的坚韧性不容低估。17世纪，牛顿以此为基础发展出了牛顿力学，将机械宇宙观坚定地植根于欧几里得的几何学。是牛顿认识到了绝对空间和绝对时间的概念，巩固了希腊人的观点。牛顿认为宇宙是三维的、坚实的、巨大的、坚硬的，由物质粒子在空间运动所构成，引发这种运动的就是粒子间的相互吸引力，即引力。

牛顿为解释自己的学说而研发的数学演算相当成功，堪称惊世骇俗，以至于没人想超越数学的层面去探究牛顿宇宙本身是否可信。1905 年，在阿尔伯特·爱因斯坦发表两篇论文之前，牛顿的理论所向披靡，从未受到质疑或引发争论。爱因斯坦的论文之一就是《狭义相对论》（原名《论动体的电动力学》），另一篇触及了电磁辐射可能会带来多么令人震惊的后果。这两篇论文是量子物理学的开端，也是机械论、决定论、精神物质二元宇宙观的终结。

如果我离题了，请原谅我。我无法告诉你我是谁，除非我先告诉你我为什么是我。在我们双方都清楚自己的立场之前，我无法帮助你做出度量。

这就是困难所在。既然物理学证明了宇宙的智慧，那我们该拿人类的愚蠢怎么办？人类也包括我自己。我知道地球不是平的，但我的脚底板是。我知道空间是弯曲的，但我的大脑一直被习惯所束缚，只能线性思考。我称之为光的存在，其实是我私人调配的黑暗混合体。我所说的景观，其实是我手绘的错视画 ①。我追求知识，就像雪貂钻进雪貂洞。我的局限，我称之为可知世界的边界。我把别人的心理混同

---

① 原文为法语。

为我自己的，并以此来理解世界。我说我思想开明，但那只是自以为的开明。

根据进化论者达尔文所言，人类甩掉蜥蜴般的长尾巴后才开始直立。那么尾巴去哪儿了？瞧，就在我手里，活像意大利即兴喜剧里的小丑的恶搞。我的愚人魔杖 ①，肉眼可见的我的弱点，从背后脱落却只为了跑到前面来。我变文明了，但我的需求并没有。是什么在黑暗中摆动？

是人还是物？我无法界定自己。炼金术士需要一面魔镜，让镜中倒影指导他们炼金。围绕在我身边的镜厅一直在扭曲映象。商店橱窗里的是我吗？家庭相册里的是我吗？办公室窗玻璃上的是我吗？杂志的烫银页面上映出的是我吗？街头破损的瓶子映出的是我吗？我所到之处，处处留影。每一处捕捉到的画面都在展现我是谁。而在这所有映象之中，谁是我？

我很小的时候就有了怀疑。别人给我镜子看，我却无法从中找到自己。确定性看似可靠，实则游移，我无法界定自己有多么确定，无法给自己下定义。世界的本质是什么？身在世间的我的本质又是什么？

实物与梦境互相侵占，有如细菌战，而我无法幸免。精神和物质、自我和世界之间似乎没有桥梁，没有很好用、不糊弄人的参照点。

我试图模仿父母，就像猴子们所做的那样，但他们却来模仿我，想在孩子身上追索他们早已失落的能量和希望。

我试图模仿别的孩子，但欠缺他们那种强韧的体肤。我是从里往

---

① 原文为法语。

外翻的手套,暴露出了柔软的那面。我是从嘴巴到肚肠之间的内腔,消化和反刍的区域。毫无疑问,是我的脾脏不肯在脑袋里安置理性的座位;毫无疑问,是我的天生的刻薄畏惧心灵的混浊怯弱。

这个故事讲的是一段贯穿思考中的内脏的旅程。

故事始于一条船。

"伊丽莎白二号"豪华游轮。从英国南安普顿到美国纽约港,再经巴拿马运河至洛杉矶。充满欢乐和幻想的春季航游,每一天都标明配有殡葬业务。船上有一位殡葬师,但通常没人需要他的服务。有些日子里,至少有那么几天,幻觉和奢靡供应充足,其所带来的昂贵抗体足以延缓衰老和冷漠,甚至能把半截子入土的人都震荡得面色绯红、快意无穷。

欢乐 = 消耗。

在海上仅过了六小时,我那些不屈不挠的旅伴就前赴后继地冲向2455磅黄油、595磅冷冻大明虾、865加仑冰激凌、26500份茶包、995磅冷冻鲜鱼、135罐婴儿食品、170瓶伏特加、1959磅龙虾……清单不是无穷无尽的,但真的很长。仅仅几天之内,这些挑战消化极限的甲板上的冒险家就将在魔术秀般的纵酒欢宴中让这些吃食通通消失。常驻游轮的职业魔术师能不能在舞台上表演这种盛宴眨眼消失的好戏呢?对此我深表怀疑。我在今天早上的讲座中提到,"伊丽莎白二号"游轮的餐厅就是四维空间存在的有力证据,因为你无法用普通人的消耗量来解释船上怎么会有如此大量的日常用度。

在海上，不管是秀气的胃口、特殊的节食菜单、延年益寿的养生法还是讲究阴阳调和的能量补充法，全都会在 1160 瓶香槟和 55 磅鱼子酱构成的酒神节般的饕餮盛宴中灰飞烟灭。这些超凡脱俗的人理应记得：鱼子酱通常是一盎司一盎司吃的。

不可避免的是，不只是胃液被奢侈和新鲜空气刺激到了。还有什么比异域口舌的吹箫更棒的"餐前酒"呢？

异域情调，他者，浮于海面的情趣指向。你只需在甲板上逛一圈，就能轻而易举地接近来自泰国的侍女、无所事事的伯爵夫人、过气的摇滚明星、散发海洋气息的少年，到哪儿去找这么好的地方？

这是浮士德式的世界，尽享自我满足，设置在时间之外，看起来很真实，品尝起来也很真实，也必然会消失。要说它带来了痛苦，那它也移除了责任。只要在时间之外，就没有责任。

他：你结婚了吗？

我：没有。

我：你结婚了吗？

他：结了。

很长一段冷场。

他：我和妻子住在不同的星球上。

我：你们分居了？

他：我们有各自独用的卫生间。

我做完第一场关于帕拉塞尔苏斯和新物理学的讲座后，有个精力充沛的秃顶男人一跃而起，上前来握住我的手，两只手，不管我能有几只手，他大概都能一下子全部握住。他做了自我介绍，和我一样，他受丘纳德航运公司之邀在春季航游中做讲座，他的演讲主题是：世界和其他地方。

在物理学的世界里，比新泽西州普林斯顿大学的高级研究所更具声望的地方可没几个。这个男人，乔瓦，就常驻在那里，研究宇宙的新模型、超空间的多维度、与我们这个世界平行的幽灵世界。他代表未来。

我说："你就是未来。"

他说："时间会戴表吗？"

乔瓦这次讲的是时间旅行。每天早上，他都不得不对老先生们解释为什么他们不能靠走进时间机器来让发际线恢复如初。没有人对爱因斯坦的广义相对论及其对我们所说的时间造成了多大影响感兴趣。每个人都想知道他们什么时候才能越活越年轻，长寿到永远。理论上说，确实可以用改变时间速率的办法来延缓衰老。只要用接近光速（真空中每秒 186000 英里）的速度旅行，时间的流逝就会变成涓滴细流。如果我们能冲破光速，时间就好像会倒流，也就是说，我们不需要再前进了。

"他们想让我告诉他们，怎么找到倒车挡。"乔瓦说，"但大部分人已花了六十年去琢磨怎样才能跳出自动挡，挂上一挡。"

我不信命，但可以把命运当作很好用的借口。

我应该带着家当冲到纽约工作，身体停泊在新的起点，这多奇怪啊。

我该去争取获得普林斯顿大学的两年科研经费，这多奇怪啊。

我每天都会看到这个男人，这又是多奇怪啊。

余下的听众无精打采地走向他们最爱的二元对立项：金汤力鸡尾酒。这时候，有个女人走上前来向乔瓦提问："假如我们真的能回到过去，阁下能给点行装上的建议吗？出发时该穿上古装呢，还是穿越到过去后再买现成的呢？"

多妙的时尚商机啊。物理学界同人刚开始为了时间旅行的可行性角斗不休，旅行者本人已经开始忧虑该穿什么了。这个世界已为中古版的拉夫·劳伦品牌做好了准备。

"我打算让你们这些女士尽情讨论这一点。"乔瓦说。

"等一下，"我说，"穿阿玛尼的人可是你啊。"说完我就走了。

过了一会儿，他追上我了，有点生气，又有点挫败。

"你该见见我妻子。"

"那我怎么知道该用哪个卫生间？"

我说过，这个故事里有情事。实际上有两段情事。神创造了男性和女性，都被我爱上了。

如果你想知道有情人的婚姻怎么走得下去，那就向三角形求教吧。

根据欧几里得几何学，三角形的三个内角总和等于 180 度，平行线永不会相交。每个人都知道真相，两个女人剑拔弩张，远离对方。这个形态很有迷惑性，可以理解为家庭生活的新几何学。

不幸的是，只有在空间是平坦的前提下，欧几里得的理论才站得住脚。

在弯曲空间里，角度叠加无上限，平行线总会相遇。

他的妻子，他的情人，相遇了。

如果这个故事发生在 1856 年之前，我根本不会这样讲给你听。

19 世纪的大部分人都知道自己的位置，哪怕他们不知道预测方位的数学方程式。在严格意义上的三维世界里，两点之间最短的距离是直线，偷情事发、欲火消弭都是可以算出来的，而且精确得令人信服。在平静无澜的海面上，船只几无晃动。如果海水本身突然流光，那会发生什么情形？

1856 年，有个寂寂无闻又穷苦的德国结核病患者黎曼，他发表演说，用运算证明了欧几里得几何学只有在平面的前提下才有效。如果表面不是平坦的，那么，骄矜了两千年的数学就再也笑不出来了。

六十年后，有个寂寂无闻又穷苦的德国人名叫爱因斯坦，他发现光线在引力作用下会弯曲。由此，两点间的最短距离就成了曲线。

如果光以曲线的方式行进，那就是说，空间本身也是弯曲的。

（她身体的最高值落在我的下方。）

"爱丽丝？"

我可以看到他站在我身后。他环抱住我，像条毯子似的裹住我的肩膀。我们构成了优美的组合：黝黑／白皙，衰老／年轻，确信／迟疑。镜子抓拍到了我们各自的诱人之处。他用几分满足的目光凝视镜中的我。

我看起来也很满足，但让我心烦意乱的是镜中还有另一张人脸，后面还有另一个房间。

开始了。当然了。简单，确凿，可知，受限。婚外情。生命的共性如同生命本身那样可靠。我们知道什么，我们就是什么。我们是什么，我们都知道。我们反映了自身的现实，我们的现实反映了自身。如果镜面被镜中的映象砸得粉碎，那会是怎样的情形？

"要冰块吗？"乔瓦把酒杯递给我。

"还会有多少人来问我：该不该把自己冷冻起来，一直等到科学发展，让他们解冻后就能温暖如初，永葆青春？"

"你会怎么回答？"

"我应该说的是：如果你像火鸡一样进冰箱，出来时也肯定像火鸡。"

我：你老了怎么办？

他：年轻时和中年时怎么办，老了就怎么办。

我：你的工作呢？

他：如果她穿了衬裙，你就知道她会怎么做。[1]（他唱了起来。）

我：如果她穿了……? La gonnella ?

他：衬裙。

我：你就知道她会怎么做。

他：《唐璜》。我要带你去大都会歌剧院。我要带你去每一个地方。

事情当时 / 现在就是这样的。这个故事跟跟跄跄，坚实的表面消失了。九个月前，我在这条船上，驶向我的未来。九个月后，我在这条船上努力保持平衡，像在木筏上那样战战兢兢。在这条木筏上，我正在努力厘清自己的过去。我的过去 / 我们的过去。乔瓦有妻子。我爱上了他们两个。

事情当时 / 现在就是这样的。乔瓦和妻子已经不见踪影，他在苦咸的水瀑下哭喊，她挥洒自己的眼泪，那情形就像用机枪扫射。我真该和他们在一起。

为什么我没有呢?

我在这儿，永恒的三角缩减为一条并不太直的直线，我一直在线上。

我在这儿，男人掉下船，女人也一样。他俩生不见人，死不见尸。

我依然在这里，但没有感觉。我先哭。

---

[1] 原文为意大利语，出自莫扎特创作的歌剧《唐璜》。

但凡有一具尸身，我就能有感觉。他会说，如果我有感觉，就说明有实体存在。能量先于物质存在。

她会说："等你准备好去爱了，就没人让你去爱了。"她会／她曾这样说，困在她自己的光的曲线中。

在我下方的是她的乳房吗？在思考的宇宙中，那片区域的海水任性下陷？

时间的刺伤折磨着我。回到那些抵抗侵蚀的高耸岩石上去有什么用？我的生命似乎是由暗物质构成的，它们推走简单的无意识，令我得以停下脚步，继而踌躇，没办法像其他人那样顺利无阻地走过去。我本该喜欢在过去信步漫游，好像那是自己最喜欢的散步方式。陪我一起走，走过一段记忆再一段记忆，共同走过的路，共同看过的风景。

陪我一起走。过去就在等待中，过去不在身后，似乎是在前方。要不然，当我开始奔跑时，它怎么会将我绊倒？

过去，现在，未来。理性人生的理性分割法。但在无数梦中，在无数次追忆中，在车水马龙的街头犹疑的片刻，总有一种深藏的直觉在说：生命不是理性的，不能被分割。分隔在镜像中的小世界很可能会破裂。

我选择研究时间，只为了能够瞒骗时间。

十岁那年，我听到校长对我父亲说："她永远长不到最高的抽屉。"我看着他们粗呢大衣的口袋、针织套头衫和针织领带。我看着他们黄褐色的下巴、厚眼镜片后面的眼睛。我觉得自己夹在两块金属板间，被压住了。我的脑袋承受了强大的压力。我想说"等一下"，但我实在太矮了，他们大概根本听不到我说的话。我活在他们腰带以下的世界里，不是成年人，也不是小孩子，在一个难以界定的岁数里，比小更小。两块金属板一起戳在地上，我父亲谈起了板球。

父亲和我回到家后，这个白手起家的穷小子、自力更生的男子汉给自己倒了一杯雪莉酒，我趁机溜进父母的卧室，他们把五斗柜搁在那个房间里。

最顶上有两只抽屉。我母亲的抽屉里有她的首饰和香水。我父亲的抽屉里存放着他的方巾，他的嗜好是变魔术。

孩子们学会数数之后，自然而然就会加法和乘法。教他们减法和除法就比较难，也许是因为削减世界是一种成年人的技艺。我一直坚信，至今仍相信——我父亲至少有两百条方巾，他拥有方巾俨如国王们拥有珍宝。丝质的、波点的、素色的、刺绣的、棉质的、涡纹的、印花的、条纹的、亚麻的、土布的、纺线的、染色的，还有像他燕尾服所配的长假发那样的蕾丝方巾。他把一条方巾塞进胸前口袋时，常常折出兔子耳朵的形状露在袋外。

"爱丽丝？"

我就跟随他穿过了爱和幻术的长廊。

抽屉最里面是他的金表：每隔十五分钟打鸣一次的全翻盖怀表，对以一刻钟为单位的男人来说必不可少。

这就是我不会变成的模样吗？坚固、可信、贵重、显眼、奢侈、罕见？

我把方巾一一摊开，好像它们是细软的珠宝。这就是我不会变成的模样吗？精致、肆意、有用、美丽、繁多、各式各样、妙趣横生、冶艳欢愉？

我在夕阳余晖中拉开了下面的抽屉。

内衣，爽身粉，卷成球的袜子。

"你非得这么用功吗？"我父亲这样问，当时我厌食，眼窝都凹下去了。

我拿到剑桥物理系的奖学金后，才重新开始好好吃饭。至于睡眠，我持保留意见。

我一睡着就做梦，一做梦就坠入恐惧。金怀表就在梦里，嘀嗒嘀嗒走过分秒，我常想爬到表里去，用我的身体把机芯搅乱。如果一举成功，我就能在安眠中继续睡下去，只不过会猛然惊醒，因为嘀嗒作响的不再是怀表，而是我。

我把这个梦讲给父亲听，他劝我放慢节奏，没必要赢取大学里每一座物理学科的奖项。

我的房间里有一面小镜子。看镜子的时候，我看不到爱丽丝，我看到的是内衣、爽身粉、卷成球的袜子。

我知道父亲担心我孤独终老，也担心我辜负青春。他没这么说，但他的言外之意告诉我：他宁可把我送进一场好的婚姻，也不想眼看着我靠自己拼命工作去逆流而上。不想收心的男人只不过缺个老婆，但如果女人的情感生活不够完满，那只能怪她自己。

等我要去剑桥了，母亲对我说："爱丽丝，你和男人一起进餐时，绝对不要看你的手表。"

和她那一代的许多女人一样，我母亲指望时间尽情流逝，根本不想去改变它。她的计时器就是我父亲，她根据他的行动校准自己的生活。她喜欢他稳定的嘀嗒声，不过，她曾对我坦白过一次：他以前能让她的心跳得更快，那时，太阳好像在日晷上嬉戏。

他们来自乐园，进了屋，结了婚，安了家，我父亲好像不在乎怀表的指令。我母亲从未学会准时办事，只要是不和我父亲直接相关的任何约定，她都会搞糊涂。她有个习惯：总是带我和姐妹们在错误的星期、错误的日子去看牙医，有一次，索性晚了一整年。她在大衣口袋里摸出一张回诊卡，这才带我们几个去补臼齿。牙医补得挺好的，他对我父亲说："女人们都这样。"

当我母亲开始用"等你长大了"作为每句话的开头时，我还以为我会在绝望中死去。我知道她从来都不记得给钟表上发条，所以我可能永远停留在同一个年纪。只有和父亲在一起，我才有机会长大。

所有小孩都能磕磕巴巴地讲出爱因斯坦的大发现：时间是相对的。在母亲的时间里，日子有种阴森森的感觉，我们吃饭、睡觉、画画、游戏，世界没有尽头，虽然不自知，但我们在等待父亲回家，他会打声响指，让我们进入黄金时段。尽管我说不出为什么，但我们开始意识到他会给我们一小时内的四个完整的一刻钟。也许就从那时候，我开始研究这一刻和下一刻之间有怎样恼人的关系。

等我们都上床了，母亲也会得到一小时，我很高兴她得到的那一小时，不是我们享用晚餐时的那一小时。餐后，父亲就会走进他的书房，家里就黑漆漆的了。

1879 年 3 月 14 日。德国乌尔姆。太阳处于双鱼座。

讷言慢语，温和斯文的男人。在他的精神海洋里，数字以什么形态分解再发生？他在数字中漂浮。他时而停歇在 9 上面，时而奋力地朝 7 游去，彩虹色的数字，张着嘴巴，以他为养分，恰如他也以它们为食。

数字被召唤时就会过来。从奇异的数字星河中向他浮游而去。他知道《创世记》开头的每一个字，几乎能看到字里行间隐藏的数字，但并不能真的看到。他听到了神谕，试图写下那个数字，但不是所有数字都是属于他的。

数字的不乖顺就在于数字的顺序：决意向上，汇成一种可以推测出的美。太接近了，语言无能为力。他相信**数字**和**神谕**是一体的，他用数字和字词来说话，试图在他自己的身体里重构他所理解的一致性。

爱因斯坦：世上最有名的科学家。每个人都知道 $E=MC^2$，但并非每个人都知道"自由落体的身体将不会感受到自身的重量"。

这种延伸出来的弦外之音超出了其主张的引力理论的本意。

我知道我是个傻瓜，想在碎片堆里找出关联，可如果不这样做，还能怎样继续下去？生活由碎片拼凑而成，令连贯性显得很可疑，但喋喋不休是另一种背叛的方式。也许是一种虚荣。我的虚荣足以让你理解我吗？不。所以我要苦苦思索连缀字词的新方法，希望这一次，一个段落可以顺畅地滑向另一个段落。

陪我一起走。手拉手，走过叙述的噩梦，齐整的句子不露声色地攫住意义。意义如同隐士，神隐自居，其幻象藏在墙壁后的碎片里。如果我们扯下镶墙板，那会是什么情形？失去了表象，接触和交谈会有什么希望？我怎能读懂里面的生猛真相？

我今天的故事，我人生的故事，我们如何相遇的故事，我们相遇之前的故事。我开始讲述的每一个故事都与另一个我无法讲述的故事交叉相叠。而且，假设我不是对你，而是对别人讲述这个故事，那还会是同一个故事吗？

陪我一起走，手拉手，走过霓虹灯和泡沫塑料，走在刀刃和破碎的心上，走过时运和被猎取的机遇，走过炒烩小餐馆和大片星云群。

我知道我是个傻瓜，指望污垢和荣耀是同样一种闪闪发光的涂料，羞辱和得意都能把我们照亮。我像虫子一样去看，每一样东西都大得离谱，无穷大的压力捶打着我的头。我是垂直站立的人，还有什么办法能让我既下沉又抬升地活下去？我不能假定你能理解我。很有可能，在我发明出自己想说的话时，你也将发明出你想听到的话。我们必须有一些故事。流散的文字写在皱巴巴的纸上，成为进入彼此的外太空的微弱信号。

分离的世界相聚的可能性微乎其微，但诱惑力是极大的。我们派出星际飞船，我们投身向爱。

陪我一起走。那天夜里，乔瓦和我第一次共眠后，我独自离开，把他留在那张奇怪的床上，他在被单半遮半掩之下有种不堪一击的感觉；我从中央公园一路走到了巴特利公园。我无法拥有自己的情绪，除非我能对其加以思考。我不害怕感受，但我怕自己不假思索地感受。我不想沉溺。我的头脑是我心灵的救生圈。

无穷无尽的十字路口，我无视红绿灯的指示，凭运气穿过安静的街道。不是黑夜，不是白昼，这个城市暂时停滞了。哭闹和叫嚣现在都变轻了，轰鸣变成闷响，像是从很远的地方传来。我在城市的中央，却觉得自己濒于边缘。这是一个充满边缘的城市，如刀刃般锋利，处处险峻，充满不安。这是一个充满转角而非曲线的城市。总要做出抉择：现在往哪条路走？一个充满疑问的城市，夸夸其谈，张狂无礼，像一座人造的斯芬克斯神像，向旧世界抛出谜题。

我学会在纽约悠然自得，就好像苦行僧学会在钉床上安之若素，享受它。美和痛苦不分离。这一点在这里太明显了。这是一座坩埚般的城市，炼金术士的熔炉，污垢和荣耀对物质转换有实效作用。屈服于这座城市的人没有一个能保持原样。这座城市对一切都无所谓，所以一切皆有可能。在这里，你可以是任何模样。

只要你做得到。我非常清楚，扔进炼金炉里的大部分东西都被彻底毁灭。自我毁灭。依据物质各自的属性，炼金的过程就是分解物质再摧毁物质。如果还剩什么仍有活力，它就将被萃取出来。如果没有……

别骗自己了，爱丽丝，你的大部分都是垃圾。

这是真的，但我的希望留存在余下的小部分里。

我故意走得很快，穿着乔瓦的皮夹克。我想用衣服裹住自己，因为我觉得自己已被剥皮剔骨。可知的确凿形体已消失。我的血肉还在，些许快感，些许酸痛，我的神经触角仍在处理第二个身体的状况。这具身体自带生态系统，空气通过精巧的过滤层谨慎地渗入，食物遭到恶意的酸性攻击。没有任何东西能从外部进入并长期驻留。氧气变成二氧化碳被排出体外，甚至香槟和**鹅肝酱**也被挤压成屎尿。这个身体很有效率，但不太文雅。用完就丢。进入这第二个身体会产生困惑。是进还是出？到底是哪一种？

爱情令人好奇之处在于其凌驾于严密封闭在身体中的自私感。性和生育轻而易举地契合身体的帝国扩张计划：身体想扩大自己的疆域，需要自我的再生。身体抵制外来的入侵，但爱情这个侵入者和自我的自主权达成了妥协。作为拯救者的爱情，俨如从不可跨越的汪洋那边伸过来的手。

信任它吗？也许。它可能是最妥帖的拯救之手，也可能是更阴险的东西。我的身体无法信服，我的理智拒绝合作。我是随着浪漫主义长大的一代人。适合我的那个人在哪里？

从生物学上说，成百上千的人都适合我。只要我想动情，我就能动情。我应该警惕束缚，也就是锁链和双手，也就是手铐。能带我出去的，很有可能也能将我封锁在内。爱情的苦楚和希望是孪生的。

陪我一起走。什么样的女人会和另一个女人的丈夫上床？答案：臭虫？那倒可以解释我为什么如此没骨气。没有骨气的女人，心在双乳和双腿，我以为自己不是这样的女人。如果我对自己都这么无知，怎么还能去声称了解另一个人类？

怕就怕我的身体依然被他润湿着。

"'就连你的头发都被编号了'，难道这话不是上帝说的？"乔瓦平躺着，笑着对我说。他揉了揉太阳穴，扮了个鬼脸。"在我这个个案里，上帝只需数到二十。"

接着，他严肃起来，其实他几乎从来都没个正经样，他拢住我浓密的头发。"这才是上帝的数学。"

后来，他一边欣赏自己的勃起，一边说道："这是上帝的物理学。"

这两种论点都该得到谨慎的研读，因为乔瓦不信上帝。

到了巴特利公园，我倚在栏杆上望着湖水。一片雾漫过来，一艘拖轮闪着密码般的灯语。黑暗和湖水并没有带来凶险的感觉。黑暗中的湖水像是回应，回应着已经变为我心的流动之地。身为科学家，我力求确定性。身为人类，我却好像在逐渐远离确定性。如果我需要找到证据，证明人们所说的世界不过是暂时的，那我眼看着就要找到了。我能确定什么？绝对的确信？

可我还是趋近了他，就像光趋向明亮的物体。

我明白了，那只是一种光学错觉。

我开始往回走，从湖边走开，走出黑暗。我必须走回刚刚开始的白昼。

　　情事：**爱情**，或值得尊敬，或不值得尊敬。乔瓦有妻子。

高塔

THE TOWER

我的丈夫有了一段婚外情。寻找那个女人。[①] 她在哪儿？

把卧室翻个天翻地覆。主卧的名字一语双关：master 既是主人，又是能人高手。在枕头和床单的缝隙间，我必能从床垫上揪出她的痕迹。那是她留下的印痕吗，虽浅淡却辨认得出来？我的双手会放出特殊的射线，必能感应到她。不管她留下什么样的毛发或皮肉，我都能找出来，再扔进坩埚热炼一番。

给我一口坩埚，让我变成食人族吧。我将怀着比他更甚的欢愉尽情享用她。如果她是他的珍馐，那我就要食不厌精、脍不厌细地享用一番。过来瞧瞧吧，撒好香料、摆上烤架、再被津津有味地咂摸的是什么。我要慢慢地吃掉她，让她存活得更久一点。不管他做了什么，我都要照做一遍。他吃掉她了吗？那我也会吃掉她，再把她吐出来。

我不是在寻求复仇。

---

① 原文为法语。

我不是个有报复心的女人。

我必须有理性地行事。

螺丝刀在哪儿？我要把每一扇门上的每一条铰链都卸下来。浴室里将毫无隐私可言。没地方让你单手拿着情书看。就让他在我面前刮胡子，在我面前拉屎，在我的注视下往腋窝里撒爽身粉。我会数出他刮胡刀上共有多少胡楂，浴缸里留下几圈水渍。我要铁证如山，就当他是某种罕见的昆虫。

所有这些事，我都将清醒理智地完成。

给我一把手电钻。我要在他的鞋子上钻孔，他走路时也好监视他。紧贴着人行道的眼睛将死死地盯住他。当他睡着时，我要在他后脑勺钻个洞，他梦到她时，我就要用我的手指把那个梦抠出来。

当然我会干得静悄悄的。

粉笔在哪里？我要标出一道新的柏林墙：走廊两边各两英尺高，他可以保留他的书房，还有客厅离窗最远的那一侧。我会给他留一眼煤气灶，还有厨房里的冷水水龙头。让他吃蛋糕好了。我会像逾越节的犹太人那样在门口做记号，祈祷死亡天使带走头生子。他。

性之床，爱之床，午后及夜晚之床，我抱着他而他又抱着她躺过的熟透到腐烂的狡诈之床。锯子在哪里？

第一步：切断床头板。第二步：切开床垫。第三步：拔除弹簧。

第四步：切断床尾板。第五步：把切成两半的床整齐地靠在房间两侧，各铺一条花里胡哨的毯子。

毯子？毯子？他还要毯子做什么？借来的怀抱足够温暖。他的秘密暖气。

我至少还很冷静。

她的地址。他肯定藏在什么地方了。

我走进他的书房，翻看起他的文书纸张。白色的雪崩多美啊。我想起去年我们一起去滑雪，想到我们靠在皑皑隆起的雪堆上做爱。

把目光移开。谁想步罗德之妻的后尘，在回望中变成盐柱？

当务之急，不要屈从于痛苦。

我的双手颤抖，手指下的纸张颤抖，纸堆下的书房颤抖，层叠堆积在书房下面的生物集体颤抖，街角的报童牢牢抓紧报纸，感受到为时一秒的痛苦却不自知。

她在哪儿？在地毯下面吗？挤在玻璃和窗框间吗？我在呼吸她的存在。她的尘埃，她的微粒，因为她，活生生的人体所掉落所积聚的存在，连空气都膨胀了。

清洗这地方，彻底清洗。

我打开他书房的窗户，进行了一次自由落体实验。如果我在同一个窗边、在同一个时刻、同时扔出一只便携 CD 机和一台笔记本电脑，哪个会先落地？

让字词也随之落地吧。恨。怒。痛。有人对我说过，字词很廉价。字词轻飘飘的，什么都改变不了。羽毛球般的字词被我们甩来打去。游戏中，除了球技，别无真实。

为什么橡皮和羽毛做的字词没有掉落？为什么它们粘在我的手指上？相框和档案夹被我狠狠地扔出去，我分明看到它们掉落前在空中悬停了一秒。我有身在奥运会的错觉。我是世界冠军。

我扔啊扔啊，最后孤零零站在他那变得空荡荡的房间里，像尊禅定的佛陀。吸气。呼气。

我的手指黏糊糊的。恨。怒。痛。这些词不肯掉落。我流的不是血而是字。我走进洗手间，想把它们洗掉，但当我把手从清澈的凉水下抽回后，那些字词又涌了出来，红色的，流泻的，危险的字词，破碎的字词，爱的血管破裂了，我对他的爱。

就是那时候，我哭了起来。我跪倒在地，头抵台盆，像是献上祭品般填满水盆，却不知道该献给谁。苦海咸洋，一条船都没有。

鲜血、泪水、破碎的字词、不适合人类使用的词语。没有爱，生而为人意味着什么？

你：我当然爱你。

我：也爱别人。

你：性……

我：被你说得好像性是不治之症。

你：也许那就是不治之症。

我：受苦的人是我。

你：我对你的感情从没变过。

我：已经陷入绝境的东西，你怎么能让它继续活着？

你：说来说去都是字词。

我：你觉得我用数字来说更好吗？你和她睡了多少次？你和她好了几个月？她几岁？她的三围是多少？她的高潮来得很快吗？

你：别说了。

我：还是根本没高潮？

你：你要冷静。

我：行走的安定药那样的老婆。

你：瞧瞧这地方……

我：全是我一手打造的杰作。

你：我看出来了。

我：但你不明白。

你：男人和女人不一样。

我：你以为我不渴望有别的男人？

你：谁？

我：谁啊谁啊，对一位理论物理学家来说，你的大脑简直是块实心水泥。我想有别的男人。我不和他们上床是因为我爱你。

你：你真该生在天主教家庭。

我：为了心安理得？

你：为了满足野心。你很可能成为史上第一位女教皇。

我：残酷的男人。

你：对不起。只是开个玩笑。

我：我的丈夫——卧室里的幽默大师。

你：让我在自己的书房里待一会儿。我必须想一想。

我：坐下好好想。

　　他皱着眉头对着我，好像我是一则不够优雅的等式：必不可少，但很累赘，用起来很烦人。我已不再是他心目中符合物理法则的现世美人了。毫无疑问，他跟她讲过数字的诗意。我看着镜子。那是我的脸吗？悲伤让我变成了滴水兽。备受奚落和拉扯的东西。悲伤的海上龙卷风。他把他的冷漠倾注于我，我任其流散如脏水。他竟以为我才是脏水，而不是他。

　　在疯狂的情况下疯狂行事算疯狂吗？它是有逻辑的。如果标志且保存人类精神的是尊严，那它甚至也可能是有尊严的。

　　我不会为他沉沦。

　　他的书房里传出一种类似汽车打不出火的杂音，混杂了咆哮和哀诉。

你：你干了什么？

我：我把所有属于你的东西扔到窗外了。

你：为什么？

我：为了让自己感觉好一点。

你：你搞不好会砸死某个路人。

我：我搞不好会杀死你。

你：这不合情理。

我：你所做的事根本没有情理可言。你抚摸她的时候根本没有想到我，是你把我扔出了窗外。

你：是你跳出去的。

我：什么？

你：你活在自己的世界里已经很多年了。

我：你是说我没有完整地活在你的世界里。

你：我并不指望那样。我只求……

我：一点爱和理解。

你：是的，爱和理解。

我：那就去找呀。

你：我还是去打包行李吧。

他走进一片狼藉的卧室，拖着半只手提箱出来。

"你想让我拿这个怎么办？"

"扣在你头上。"

他把它往地板上一摔，转身走回门口。然后他迟疑了一下。

"门呢？"

"它有外遇就离家出走了。"

大约过了半小时，他从我身边走过，穿了三条裤子、六件毛衣、至少两件衬衫，运动装备系在腰上。两只手臂上搭满了各种类型的鞋子和衣服。

"这可真荒唐。"

"是的，你就是很荒唐。"

我任他走出了仅剩的一扇门。他刚要走下楼梯时，好像又想起了什么，也可能是什么东西想起了他。他别过头来看我，好像有脏水滴溅在我脚边。

"你是怎么发现的？"

"她给我写信了。"

清晨抵达的邮件。朝阳明媚，八点，不请自来的废物喷涌进门，交托一堆千载难逢的机遇和未付账单。购买一款震动按摩浴巾即有机会获赠冰岛游。付清电力公司的账单，否则就终生待在黑暗里。那天早上，我收到免费洗发水赠品和一封免费参加超自然节食法介绍讲座的邀请函。还有一封寄给我的信，手写的字迹看起来很有教养，信封又厚实又方正，我猜不出那会是谁。我会收到很多信，人们喜欢写信给作家，既然诗歌再次时髦起来，我也就有了所谓追随者。也会有所谓意见领袖：那些写信教导我如何写得更好的人。我以为那封信大概出自那种人之手。

我拆开信封，是一个名叫爱丽丝的女人写来的，她说她和我丈夫发生了婚外情。

死撑。痛感向上。痛感向下。我昆虫般的世界里哪个角落没被痛楚占领？墙上都沾染了痛楚，黏黏的，有点甜。痛苦像情人一样，完整而彻底。我想起那些 18 世纪的雕版画。德国人，戴着兜帽的死神殷勤地招引生者。这种死亡还很淫邪。我头脑中尽是性交再性交的画面。我已变成自己的色情画家。他的身体。她的身体。我的身体。不可分割，扭曲交缠，昏黑阴暗。骷髅咧嘴而笑，头骨在欲望中咬合。她翻滚到他之上，他再翻滚到她之上，失重的翻腾悄无声息。无间地狱三人组，那就是我们，在湿滑淫荡的空中腾挪翻转，双乳，阴茎，阴户，膨开肿胀至极如降落伞的皮肤。我知道我们都在坠落，我们三个，但距离地面还有很长一段路。直到我们像极限跳伞者那样抓住彼此。他是我，我是他，我们就是她吗？与某人歃血为盟就意味着割出一道伤口。鲜血从伤口无碍涌出，你的生命就流向了他们。我们称之为热血兄弟之盟。我们称之为垂死基督之誓。渔王的伤口永远不会愈合，伤口就成了他。我对你、你对我起的誓，是在一个灰色封闭世界里的血色漏洞。我们为彼此铤而走险，迈出不切实际的步伐。这就是你手里杀死我的刀。为了证明这一点，我任凭鲜血流出我身。凶暴、原始、宏伟、神圣，唯一真正奢侈的姿态。我可以声称拥有的只是我自己，你瞧，我应该把它给你，一场鲜血见证的纯真仪式。

别说不是这么一回事。我们的鲜血流入了彼此。现在你想让我失血至死，那就没人能说出我们共享了什么样的伤口。事情没那么简单。誓言可以被打破，通常都会被打破，但深而又深地钻入身体的伤口早晚会再现的。

高塔。塔罗牌第十五张牌。[①] 同样衣着的两个人从爆裂的高堡上脑袋冲下地坠落。

征象一：幸福。我爱他，他爱我。

征象二：许可。我爱他，他爱我。

征象三：安全。我爱他，他爱我。

征象四：时间。我爱他，他爱我。

征象五：满足。我爱他，他爱我。

征象六：中立。我爱他，他爱我。

征象七：分离。我爱他，他爱我。

征象八：拒绝。我爱他。

征象九：谎言。他爱我。

征象十：危险。爱？是爱吗？

征象十一：一根稻草。一峰骆驼。双背怪物。[②]

高塔。安全的壁垒成了坠跌的孩子。

我回想起宁录，《创世记》中的伟大猎手，他建起的巴别塔被上帝摧毁。哪怕被摧毁之后，一个人步行三日仍走不出残塔的阴影。而我建造了什么，竟招惹出这等愤怒？

我宁可置身事外想想愤怒，再置身事内想想自我。如果我是受害者，我就不可能是施害者。世界在我这边：富人和穷人，罪人和圣人，

---

① 原文为十五，但"高塔"应为塔罗牌中第十六张牌。
② Beast with two backs，英语中对性交的两人的委婉说法，可见于莎士比亚和拉伯雷的作品中。

好人和坏人，凶手和死者。我建造了一座塔。我活在塔里。现在，塔被击垮了。闪电是如冷漠的神祇般劈下的，还是我自己招惹来的？

别误会，我不是在为昨天的家务事怨声载道、自我折磨。为男人做牛做马的女人并不拥有婚姻，她拥有的只是主人。我并非不惜一切代价地想要他，但我以为我们已谈好了代价是多少。为什么他又折回自由市场去找更便宜的货色？

读完信后我平躺下来，说不出话，也哭不出来。神志试图强迫我在脏水下呼吸。我好像找到了一团泡状的空气，一时间能够清晰地去思考，但紧接着水又融合起来，我又回到痛苦中了。回到性之中。一幅线条僵硬的人体器官素描，生殖器强行挤入我的嘴巴，侵辱我的头发。不管我将目光落在何处，都能看到他和她在做爱。他们被涂成墙上的白色人形、地板上的蜡漆亮影。从我父亲手中继承下来的椅子和桌子变成一幅幅细密的土耳其剪纸，勾勒出精细的四肢、炽烈的双乳。他们的手臂，他们的双腿，她的肚子压在他的肚子上，就在这儿，在我的家里，如枯木腐朽。我呆呆慢慢地走进厨房，睁开眼睛，想要远离恐怖。冰箱蹭着我。地砖很烫。我紧紧抓住房门的时候，门也紧紧地拽住我。我用洗碗布抹了把脸，闻到了他们性交的气味。

以吻背叛。犹大的恶臭之吻。我抓起牙刷刷牙，并且想到了他的嘴。生命之吻，死亡之吻。来吻我吧，让我能读懂你的双唇、刻印的欺骗，等待最终的上演。他那颗说谎的心就在他嘴里。今天早上我亲吻他时，尝到了他的恐惧。

他：你怎么了？

我：没什么。

没什么慢慢堵塞我的血脉。没什么慢慢麻木我的灵魂。我没被什么钳制，也没说什么，"没什么"已变成了我本人。当我变得形同虚设，他们就会惊讶地说——用一种永远都很惊讶的口气——"可是她没什么不对劲呀"。

没什么。尘归尘，土归土，爱归爱。

小时候，我幻想爱情是一口玻璃井。我可以俯身用双手戏水，再起身的时候就变得亮晶晶。那不是湍急或涌动的河流，而是很深的源流，水在最底层翻涌。因有水声于深处的鹅卵石上响动，我知道水在冲流。那里会有船只吗？会有依赖船只的码头吗？会有人们自然而然建起安居之所的港湾吗？我只能凭借倒影，看见水下的世界。进入那个世界，就将意味着钻进深井，让自己一点点下沉。母亲曾警告我游水要小心。

日复一日，我返回井缘，用双手撩出水花，看自己能够做到什么。后来，等我长大了，我遇到一个男人，他将提来的两只水桶浸入清澈的水里，一桶水给他自己，一桶水给我。我从没得到过那么多水。从没能找到盛水的容器。我对井失去了兴趣，我有了自己的桶。

别人很羡慕我和乔瓦。我们洁净、性感、纯粹、相依相随。我们展示自己的婚姻，就像在秀一座奖杯，而我们也确实认为那是我们靠自己赢得的殊荣。我们擦亮了奖杯，却忘了擦亮自己。奖杯越闪亮，我们就越暗淡。假如我们落了尘、磨了边，会影响到它吗？

我们的婚姻变成了一种独立在外的东西，具体来说就是独立于我俩之外。我们两个对婚姻所具有的护身符般的保护力都怀有深切的信念，而且，即便护身符的制造者已转念他方，辟邪的符号仍能在一段时间内长存于世，这也是事实。

我们建造起属于我们的安全高塔，把奖杯放在屋顶上，大胆放任闪电劈下。他想把诱惑关在门外。我想把诱惑关在门内。我想要被他诱惑，重述亚当和夏娃的故事。他想要天堂，一个能让他摆脱自身痛苦的神圣的结界。我父亲曾警告我："千万别背对毒蛇。"他说得对，天堂的敌人早就躲藏在天堂里了，一向如此。乔瓦总是笑我的犹太人脾性，但，是不是早在那时候，毒蛇已经藏在我们家的地基之下了？有那么一两次，我发现他用那两只水桶喝水。

接着，我丈夫撩动存余的腐臭脏水，泼在我脸上。

现在逃不掉了。我被搞臭了。我闻起来就像屠宰场泄出的污水。

他说："但愿你能试着去理解。"

我理解那种痛苦：跳过语言，落在愚笨的嚎叫之中，落在时间之外。一个没有话语、没有时钟、没办法分隔瞬间或瞬间悲戚的地方。没有人来，没有人去。那是文明人不曾造访之地。文明尚未发生。

抬头去看该死的云，却被太阳弄得很恼火。从云日间畏畏缩缩退下，退进你的赤裸、你的恐惧。没有人会来帮你，一声哭喊并不成其为援助，那依然是千年盛世中的深切疼痛，远在人之为人之前，远在爱之前。

愚者愚蠢地以为时间之前的时间已经消逝。他以为史前的历史早已沉入泥沼，我们很久以前就抽干了大地并在其上大兴土木。所以我们会有各种各样的高塔：卫生洁净，高耸入云，灯火通明的造物。我在自己体内寻见泥沼、臭味与黑暗之前，时间之前的恐怖世界就是周六晚间的特技秀。

我所在之处，狂风抽打悬崖，简直要把我的脸和双手嵌入冷漠的岩石。没有人会来接我回家。没有家。但有睡眠，至少，有那么一小会儿。

做梦。梦想自己会成为什么样，但别梦见我已变成的模样。梦里有一面高镜，用铰链固定在一个箱子上。镜中的女人有一张陌生的脸。她有一股悲伤，但在她的体侧有一道明亮的光，仿佛会把皮肤撑爆，从里面滚落出什么鲜活的东西。我伸出手去触碰镜面，发现它是温热的、薄薄的，像细膜般的皮肤。

你会像我这样醒来吗，在移动身体之前全然忘记受到了什么伤害，甚或忘记伤在何处？刹那间又会有清晰的意识。那一刹那，你没有记忆，没有过往，只是一只温热的动物，醒来便身在崭新的世界。会有阳光消融黑暗，清澈的光线如乐声注满你沉睡的房间，乃至你的双眼看不到的其他房间。太阳谨遵承诺，再次升起。

你们中的某人，或是你内心里会这样想：醒来是因为太阳醒了，地球也醒了，于是，可以生长的万物也将苏醒。没什么能够改变这一点，不管用什么技法，也不管多么遥远，我都会面对太阳睁开眼睛。

这给了我希望，在我最需要与外物相联时让我有所联结。灰色的城市和失落其中的众多心灵强硬地阻挡在我和我的康复之间。我不能保持静止，等待答案，我只能听到车辆轰鸣，还有轰鸣之下的悲戚。我只是另一种噪声、另一种痛楚，与其他噪声和痛楚互不相连，各自闭锁。

让太阳来吧。把意识打碎成无意识。螯虾出动的月夜，我躺在月光下的蓝色汪洋中，对我来说，那水太深了。我游动着，但那汪洋没有水面。每当我奋力往上游，想要缓一口气，却只会撞进另一团水里。有两条狗在夜里冲着月亮嚎叫，还有一座倾塌的高塔以倒影倒向我，我这是在哪里？

斑驳的夜里，我不能理解。来自另一种生命的奇异征兆向我敞开。我神志不清，只觉得荒诞，这些信息是读不通的，或者说，我是不能被读懂的。

太快了。太早了。当一道裂缝在自身裂开，就会从中爬出似真似幻的兽类。清醒而理智，由时钟驱动的日子被血洗至死。

现在，要遵行另一种规则，这里不再尊崇你的法律。

神经崩溃？医生，药片，休息，嘘，嘘。吓唬孩子们的疯女人。她为什么要吓唬孩子们呢？他们仍能看到她看到的物事。

"妈咪，妈咪，我看到那位女士在拖动她脚边的水。"

"别傻了。"

我一直在犯傻，但现在会比我信任他的时候更傻吗？

振作起来。

好的。先把我的腿递给我，好吗？它在衣橱顶上，是他把它扔在那儿的；我觉得自己的右臂戳在墙边。我的脑袋在烤炉里，但也许还好，因为我听说绿色火焰①会越来越弱。不幸的是，我把自己的心扔给了狗。没关系。没有人会注意到里面少了什么，不是吗？

你看起来好多了。

谢谢你。我把碎渣倒掉，在表面镀层亮漆。还不错吧？现在可以把我放回社会了，鼓起勇气加入婚约中介公司，再被邀请出席有关自我脑叶切除的超自然研讨会，对那些尚未成熟就被毁了的人谈谈自己的经验教训。

不。我有一丝不算坚决的心思，动摇不定如细线，我想学会野兽、水流和夜晚的语言。我的整个自我是隐藏着的，不敢靠得太近，因为裂缝里冒出烟雾和气体，还有很多手探出边缘向我伸来。

那里究竟有什么？心思细弱，但很好奇。我必须将自己的勇气传递出去，就像发射出月球探测仪，但我还不能解析收到的信号。我真该慢慢地、慢慢地做这件事，经年累月。我真该在需要言说之前就学会一套新的语言。但我从未想过我会需要一套新的语言。内在的生命就只是那样；保持在内部。健康的人不该朝外看吗？我忘记了父亲说过的话，穿着深色外套、有花斑白发的父亲曾一直告诫我，要牢记毒

---

① 原文中的 green colour 应理解为煤气不纯导致的偏绿色火苗。

蛇的存在。

让太阳来吧。我将不得不更慢地度过夜晚。因为现在时间够多，足以摸索出小小的规律，让我每天都诚心诚意地拼写出自己的名字。

这些麻烦事挤满了我只剩一半的思绪，在我在只剩一半的床上翻身的前一秒钟安慰了我。接着，我的身体撞向制造痛苦的发电厂，柔和的日光就此消隐。是我施加电压，把生活变成一团泛着焦煳味的挫败吗？我看过一篇文章，说那些坐电椅的死刑犯在知觉的最终死亡前还有一小部分意识，足以让他们知道自己被处死了。

死亡的瞬间是什么？心脏停止跳动的瞬间？大脑对身体的指令断裂并失效的瞬间？灵魂钻出它的黑暗高塔的瞬间？

我出身于这样一族人：他们认为不可见的世界就是日常的存在。对这族人来说没有死亡，但死亡跟随他们经历了历史、跨越了各个大陆。我出身于这样一个希望反对希望的族群，他们的忧伤就是欢乐的外衣。他们在庆典和哀悼中的精神是一样的。我以前能够流利地用意第绪语、希伯来语讲话，但已有三十年没讲过这两种语言了。我还失去了什么？

死亡的瞬间，清算的瞬间，不管让你止步的形象是什么，在那个瞬间，让你有安全感的往昔生活积淀都将被证明是无用的。内在的生命、另一种语言是我所需要的，而房间里空荡又寂静。

我不能回到过去、改变过去，但我注意到了，未来会改变过去。我称之为"过去"的只是我对过去的记忆，而我的记忆受制于此时此刻我是谁。我将会变成谁。对我来说，处置当下发生的事的唯一办法就是转移自我，化身为处置过这种事的某个人。然而那个人尚不存在，她没有存在之本。我将不得不塑造她，就像犹太人的传说中上帝造出第一个人：用一把尘土捏出人形，再往里吹一口气。尘土，我有的是。气，我就必须动用不习惯深呼吸的肺腑。

什么能够扼杀爱情？只有一样：疏忽。

我知道我疏忽了自己。哦，并非现代宗教所忌讳的那种疏忽：放任自己的头发像兔子窝；选中的衣裙披披挂挂，好像它们本来是垫在马鞍下的毡毯。翻看晨报时，我的双手不会颤抖，卸妆后的我不会像红眼睛的狼人。化妆后的我也不会像红眼睛的狼人。我吃得有营养，喝得有节制，经常锻炼，以防脂肪堆积，胖出大象腿。我阅读，思考，努力工作，血压不高不低。

没别的了？

还有：一个在镜中与我脸对脸冲撞的女人。我知道她想对我说什么，但当她探身过来低语时，她没有嘴巴。

一个年纪更大的女人，矮小却强壮，样貌阴暗，双手厚实。

当她凑近了就试图抓牢我，用双手锁紧我的身躯，但她没有实体。我眼看着她折弯了惊慌的空气。

还有吗？一个男人，比我年轻的男人。我拉上牛仔裤拉链时时不时能感觉到他。他似乎很想引发关注，让人注意他的下体。

我把偶尔感知到的影子男人告诉乔瓦时，他用弗洛伊德理论搭配意大利面，告诉我：那说明我因为不满足而焦虑。

我：我没有感到不满足。

他：潜意识中你觉得不满足。你需要在我的丰功伟业之上追加补偿。

我：他的蛋蛋比你的大。

他：啊哈，可是他的蛋蛋不存在。（他调整了一下自己的姿势。）

"所以，你梦见水精灵般的大胸美女时，是在我的丰功伟业之上追加补偿吗？"

"天啊，当然不是，那只是不可救药的男性春梦里的成人片女主。一想到胸波荡漾，她们就被荡进梦里了。"

"就这样？"

"就这样。"

这个男人能撬开隐藏得最深的蚌壳。你愿意和他去海钓吗？

我去了。我们在百慕大租船度假。岩石，铬色海水中的淡红色，铬色波浪中的小船。

我们在毫无掩饰、让人眼睛发花的海湾里小小放纵了一把；光洁紧绷的海面有如金属板，似乎在迫使热浪压制下的海浪不要冷却。炙烤中的柔波拍击船身，铿锵有声，继而后退，泛着泡沫，分崩离析，在海面上四散开去。也许我们已弄脏了罗盘，不慎困于磁极之处，只能原地打转，在钢一般的海里打转。就在那种凶险的境况下，乔瓦钓上来一条硬得能当撬棒的鱼。

他说："要是我们不吃它，可以用它撬开酒店里的保险箱。"

"那里有什么？"

"冒牌伯爵夫人的冒牌钻石。"

"不。这里，往下看。"

他走过来，蹲下身，向船缘外看。我们可以看到我们的头，像是被砍下来的。

"来世的你和我。"

"你真觉得我们会找到来世？"

"这一世有什么不好？"说着，他翻身躺倒，晒太阳。

那条鱼在船头挣扎喘息。

我说起了那口井，说着说着，小船兀自静定，也可能因为海水收紧了，我们静止但确实存在，像一条封冻的湖里的封冻的船。乔瓦没在听我讲话，就算他听，我也没把握泰然自若地讲下去。那场景恍如已成生动的梦境，那条鱼就像是船上的指挥棒，为我打着拍子。

水面之下，我能确定的是：过往变成未来，内部变成外部，全部颠倒，我是以现在的思考方式感受到这一点的：持续不停、清晰明确、考验一切与感受相抵触的体验，如同它所依存的海水那样清澈又有力。

这里，我靠感官去了解；那里，我靠直觉去了解。

素以真切体验为准的指尖麻木了，我无法睁开双眼。我所见的，我所触摸的，都在内里，要么是我在那个世界里面，要么是那个世界在我里面。我用高层空气法则去检验时，它只是一片模糊。就好像有一套完全不同的存在方式，在我的世界里完全无法成立，反之，我的世界对那种存在方式来说也毫无意义。我无法把二者联系起来；水的世界不会上升到我所在的干燥明爽的日光中，而当我把干燥明爽的日光带到水下时，光就立刻失效，留下我在黑暗中摸索方向。

多年来一直出现这种状况，我以前只当那是诗人的居所，或是灵感之地：是我幻想出来的，但实际上无法抵达的地方。我能靠近它，但它可以更靠近我。梦，会梦到我们的，不是吗？我们不是掌控的一方。

然而，在僵硬的海面上的船上，我无比鲜明地预见到了结局。如果我不能尽快找到通向那个世界的捷径，诱人的水井就将充满碎石粗砾，我就再也进不去，顶多只能摸到井边。

我猛然转过头，望向我们的小船的尽头。乔瓦睡着了，那条鱼死了。

什么才算死亡的瞬间？放钩、绕线，还是咬钩的瞬间？是我爱上他的时候？是我信任他的时候？是他背叛我的时候？这算哪一种死亡？

我躺在受尽折磨的床上，一翻身就听到破损的弹簧剧烈抽搐。松脱的小金属条轻轻振动，叩响地板，疯狂的鲁特琴为疯狂的情人而弹奏。我伸出手，胡乱地拨下木制的百叶窗片。情人们都喜欢音乐，不是吗？这曾是一个情人的床。我想知道她能不能听到这乐声，听到我在为她谱曲，不管她在哪里。我已不再能够跟上稳定的、日常生活的四四拍。这种节奏不适合我了。也许从来都不适合我，我却一直随之起舞，像个醉鬼那样摇来摆去，拖着脚步，故弄玄虚，活像一瓶弗雷德·阿斯泰尔 ① 形状的杜松子酒。

与愤怒、震惊和自怜相悖的，是同一种清晰的……想法或感受吗？在此之前的几个月，不，几年，我已听到它越来越近。它像只钢球、滚珠，在公寓周围滚来滚去。

"那是什么？什么松脱了？"我曾让乔瓦趴在地板上，把所有家具的脚轮都重新拧紧，之后的几个星期里，那种声音消失了。但之后又会突然再现，清清楚楚，滚珠滚动着，滚动着。

我们曾开玩笑说，我们家有只鬼。

我们是有鬼。我。

是躲在镜子后面的女鬼？

是在虚无的半空中拼命哭喊、抓挠的女鬼？

是微笑着挑衅的男鬼？

是我尚未见识到的另一半的我？

我说过，我忽视了自己。很多很多年前，我和乔瓦结婚时有一张合影。他显得羞怯、尴尬、勇敢、挑衅，街头少年正在努力奋进，想要上一个档次。感光胶片上的我，目光投向相片之外，带着昔日的我常有的眼神，带点嘲弄，有点作怪，但很坚定。那时的我们是新人，在崭新的地方的崭新的人类，阳光依然照耀着我们。

当我们杀死过去的自己，变成现在的自己，我们是如何处理尸体

---

① Fred Astaire（1899—1987），美国早期歌舞片电影明星，被誉为一代舞王和美国影史上最杰出的舞蹈家之一，出演过《黄金梦》《纽约美女》等歌舞片。

的呢？和大多数人的做法一样，我们把它们埋在地板下面，并且习惯了那种气味。

我像连环杀手一样活到现在：消灭一个目标，扼杀，再向下一个目标前进。整齐的小盒子里的生活就是整齐的小棺材里的生活，过去的死尸并排陈列。现在，在那天的迟暮时分，我发现死者仍会说话。

过去？现在？未来？死者的语言。所有的时间。

宝剑侍从

PAGE OF SWORDS

1960 年 6 月 8 日。英格兰，利物浦。太阳处于双子座。

我生在一艘拖轮上。我母亲在一堆乱糟糟的毯子里生下我时，夜游神般的父亲在大海上的一艘拖轮里。

他是夜船，油腻腻的海面上的船，他是闪耀在黑夜里的光，回家，回家。

他为一家航运公司工作，从十五岁起就干这个活。战争快结束时，他在办公室里打杂，十四年后被指派为一条航线的海务主管。为了庆祝升职，他与我母亲交欢，于是有了我。

白天，我父亲是个聪明人，而且越来越聪明。夜里，或者照实说的话，每星期里的三个夜里，他掌管一条拖轮。在船上的他身穿油腻腻的防风短外套，戴一顶巴拉克拉法帽。从绞盘上一圈圈解绕粗重的缆绳，拖曳装满香蕉、谷物、土耳其银器的货船，还有满载爱尔兰人的船，他们的胸前挂满了三叶草吉祥物。

我出生时，大海仍是生机勃勃的。我父亲也仍是生机勃勃的，强壮结实，身材高大又宽厚，好像仅凭那排巨大的胸肌就能拖动货船。

他出生在利物浦的本地人家里，家里人都是在码头或船上，在海军或商船上干活；妇女们就在码头上下那些乱糟糟的货运公司的办公室里工作。他的母亲，也就是我奶奶，曾是当之无愧的"黄铜招牌擦拭官"，有人说她周五当班，总把招牌擦得锃亮，亮到那光芒就像打水漂般一跃一跃在浪尖跳动，跳到纽约港都看得到。

他的父亲，也就是我爷爷，死于战争中的一起乌龙事件，因为美国人的鱼雷误中了友军的船。结果，祖母获得一笔数额可观的赠养金，因而可以把又壮又野的儿子送进私立学校。她把所有的钱都花在他身上，好像把他当作了聚宝盆。他学得不错，长得也不错，但凡任何人问起他怎么会住在默西地区的两层楼、四间房的小排屋里，他就一顿胖揍让对方闭嘴。从小到大，我父亲应对各种难题的办法始终都是把人揍扁。无意识的部分从不声张直言，而这包括他深藏不露的那部分。

1947 年，十八岁的他拥有文凭和英俊的相貌，得到了三叉戟（进步·传统·诚信）航运公司的工作，职位很低，但有上升空间。他的亲戚们都穿得干干净净去上班，那让他们自豪，但从没有人下班回家时也能干干净净的。他们只能靠亲妈用一盆滚水和一包肥皂片来办到这一点。我父亲干干净净地去上班，下班回家也是干干净净的。这为我祖母带来了无穷无尽的满足感，她从未忘掉自己干重体力活时的滋味，但沉浸在成功的甜蜜气息中让她特别欣喜。

我父亲深爱大海，本该成为一名踊跃的海员，但对他那样聪明的大男孩来说，办公室里总有更多良机。为了弥补对大海的热情，他用三寸不烂之舌把自己送上了拖轮，因为公司里还是很讲究学徒制的，所以可以容忍他这种奇怪的要求。反正，那会有什么坏处呢？所有的磨炼不是都有用武之地吗？更何况，他是用自己的休息时间上拖轮工作，并因此和水手们打成了一片。

他在1957年娶了我母亲。她是爱尔兰人，家境小康偏上，父亲是科克市一家商行的合伙人。我父亲在一年一度的晚宴舞会上看到她就发誓要娶她。之后两年里，他们鱼雁传书，交换礼物，直到浪漫、执着和一次升职让他们等到了好日子。新婚之夜，在拉拉酒店（装饰风格：默西赛德郡式的埃及风），我父亲脱下睡袍，以便他的妻子能把他当成**真正的**男人看待，然后告诉她：在当上航线海务主管之前，他是不会和她圆房的。他重新穿好睡袍，在一两次剧烈的颤抖后，睡着了。

我母亲躺在床上，一宿没睡，琢磨这档子事，第二天一大早就迫不及待地求助于自己的父亲。还能怎么办？没办法。这个年轻人才刚刚获得晋升，担任大西洋渡口的主管，他得先在那个岗位上证明自己的实力。可惜，他在别的"岗位"上死守到底，抵制住了我母亲的每一次尝试。失望又沮丧的母亲跑去和我奶奶商量，奶奶建议他们试试"海军体位"。建议本身堪称实用，但我父亲很不领情，在传统的体面形象之外，他还附加了一层传统的道德观。

他不肯和妻子肛交，转而去了纽约。

在纽约的他，体魄像金刚，野心像帝国大厦，圆睁的眼睛像菲伊·雷[①]，也恰如电影和美国两者一样像一个梦，一次从无到有的大发

---

① Fay Wray（1907—2004），加拿大裔美国电影明星，曾在1933年版的《金刚》中扮演女主角。

明。他在别人空白的屏幕上投下巨大的投影，那就是他的成就。他不是无情的人，但他对自己极有信念。这种信念让他从许多对任何事都不抱信念的人中脱颖而出。

梦想：淘洗这具活生生的泥沙之躯，直到淘出金子。也许，我父亲就是个聚宝盆，因为他好像可以为自己积聚无穷尽的财富。不管他尝试什么事，都能获得成功。他真应该是信步踱过里亚托桥的威尼斯商人。他真应该是赢得俄罗斯皮草的马可·波罗。在魁北克木筏上的人是他吗？披风挂雪、策马驰骋的人是他吗？他是理应和麋鹿、驼鹿为伍的男人，和鲸鱼、和熊为伍的男人。然而，他却穿起宽松的西装、戴上呢子软帽，学习如何赚取丰厚的利润。他的运输量是全公司最高的，而且，他像个乖小孩那样全数上缴。那时候，他的真实自我仍在和他的假定自我做搏斗，并且占了上风。那时候，他的真实人格和假面形象各有各的身份，他分得清哪个是哪个。后来，我母亲所嫁之人在肉身死亡之前就已经死亡，而伪装成他的男人取而代之，披上了他的衣装。

但那是未来的事了，回到1959年，我父亲完完全全属于他自己，志得意满，不会犯错。

那是一个洒满阳光的清晨，他靠在港口边的护栏上，望着大吊车把货物载上船只。整个世界穿过他的指缝：香料、葡萄酒、茶叶、绿色的香蕉、椰子、美国高尔夫球具、绳上绸缎边的羊毛毯。

这天，他们装运的是锦纶长袜，纸板箱身上印满了神似玛丽莲·梦露的商标。

　　暖风和煦，慷慨的信风带动商贸，那是鼓动商船发散到地球的四面八方的一种风向。尽管我父亲还太年轻，不擅长凭风远航，但和别的海员一样，那种风会让他振奋不已。顺风。新世界。水手的肆意鲁莽正是我父亲最喜欢的。

　　这是他最快乐的时刻，案头工作都做完了，他能听到秘书在高挺的雷明顿打字机前噼里啪啦，好像那是教堂里的钢琴。他在夜间和清晨工作，因而能在清晨的咖啡和午餐之间享受一小段空闲，一个纯粹私人的时空，那当口，码头上出现了各式各样的事件，有的合法，有的不合法。

　　他认识帮派成员、装卸工、卡车司机、领港员，他靠在栏杆上看着眼前的一切。有时朝某人招招手时，别人会凑到他身边，点支烟，跟他讲讲新鲜事，拍拍他的肩背再走开。劳工间的友爱让他很自在。这儿没人问他念过哪所学校。

　　就在他和别人闲聊、休息的时候，雷明顿打字机的敲击声停止了。他的秘书从窝在海港边的低矮办公室里走出来。有急电找他。他可以立刻回办公室接电话吗？

　　他叹着气，把香烟扔掉，走回屋内，正了正领带。他听了几句简短的话。"是、是。"接着，他搁下话筒，把秘书抱举起来。

　　他刚被任命为这条航线的海务主管。

　　他当即离开摆着四台黑色电话和文件托盘的办公桌，没有花时间去收拾，什么行李都没带，就去买了一张当晚的飞机票。1959 年，坐飞机还是一件很稀奇、很酷炫、很昂贵的事情。登机手续只需十五分钟，我父亲大步穿过停机坪，登上双螺旋桨飞机，需要申报的随身物品只有他的牙刷。

他已平步青云，飞黄腾达，现在，他打算证明这一点。

他突然回家，完全在我母亲的意料之外。他的秘书没有事先打电话通知。母亲正在泡澡，脖子上堆着泡泡，我奶奶正坐在浴室矮凳上大声诵读《圣经》。周日探访是她俩的惯例，她们没什么共同之处，不用多说，她们只是恰好想到了这个既能升华精神又能让彼此快乐的好办法。我母亲从没把奶奶诵读的经文听进去，但她觉得她是在履行对家庭、对上帝的责任，而且这也很省事：她不用再去教堂了。我奶奶呢，对天主圣言笃信不疑，她在那一小时里得到的愉悦远胜于一周中的其他任何一个小时，甚至包括每周四下午两点提取养老金的时候。

她们是从《创世记》开始读的，现在已读到了《约伯记》，我奶奶很同情约伯受的罪，尤其因为她最近长了个毒疮。

当她读到"磨难将于我有何益？"这句时，房门被猛力推开，我父亲径直冲向浴缸，把我母亲整个捞出来，抱着她冲进了卧室。

我奶奶不是大惊小怪的那种人，她只是自言自语："大卫肯定升职了。"她点着头，读完了那一章，放掉洗澡水，慢慢走回了她自己家。

这当口，在揉乱的湿漉漉的床单和好几本《妇女周刊》上，精气勃发的我父亲向我母亲发起了最后的冲刺。

"我该先收拾一下的。"她说。

"哈砰啊嘿呀①！"我父亲说。说话间，我已在这世间萌生了。

我出生的那天晚上，我父亲发神经般对我母亲说，他必须去拖轮上干活。

"我要跟你去，"她说，"我感觉挺好的。"

于是，我父亲穿上上船用的水手服，我母亲裹上了貂皮大衣。那时候，他们开的是 3.0 升发动机的罗孚车，说真的，好比是车轮上的三件套真皮家具和鸡尾酒柜。我父亲开着低吼的靓车去码头的样子就像个罪犯，而我母亲稳坐后座，妥妥地享用了一杯严禁孕妇饮用的金汤力鸡尾酒。

等他们到码头了，我父亲把车倒进装载货物区，我奶奶从阴影里走了出来。

"大卫。"她说。

她穿着一件丈夫生前穿过的黑色油布雨衣,从头到脚都遮在黑色里;她看起来并不像穿着一件雨衣，而像是被紧紧攥在地狱来的恶魔手里。

"出什么事了吗?"我父亲问。

"你老婆快生了。"

"啊，还没。"我母亲说。

"快了。"油布雨衣说。

于是，他们三人一起上了"神佑号"，不疾不徐地走进了暗夜。

---

① Harpoon Ahoy 是捕鲸船上的水手发现猎物、召唤鱼叉就位时的用语，此处用音译。

一上船，我奶奶就打开了她的毛毡旅行袋。她取出一沓洗干净的旧布，就是她平日里用来擦亮黄铜饰板的那些软布，还有一瓶做菜用的白兰地，一瓶碘酒，一个汽化小煤油炉，一桶水，一把厨刀，一包三明治，从狗窝里拿来的小毯子，她的眼镜和《圣经》，现已摊开在《诗篇》的最后几页。做完这些后，她才脱下油布雨衣，挂起来刚好挡住舱门。

"大卫不会喜欢的。"她说。

"我敢肯定离预产期起码还有一星期呢。"但话音刚落，我母亲就知道要生了。

我母亲。19世纪50年代小姐。战后的完美妻子。她很漂亮，魅力十足，很聪明，但不会聪明过头，她对男人们微笑，也对女人们露出嘲弄又作怪的表情，好像在说："什么？难道我不是唯一的美女？"

她秀发卷曲，脊背直挺，腰线婀娜，双腿修长，胸部丰满，腹部扁平，臀部圆翘。黑发、蓝眸、红唇、白肤，这一切都伶俐齐整、搭配均匀，如同野餐时，丰富的美食被整齐地收纳在分隔利落的特百惠密封盒中。她没有一丝一毫的风尘气，这让我父亲很满意。

她受过良好的教育，而且谨遵教导地隐藏这一点。她从未放弃过歌唱和弹钢琴，也从未荒废水彩画的技艺。除此之外她心无旁骛，也没有想过问问我父亲对她婚后的这种状态有何看法。

她不算很能干。她所属的阶层不允许这种事，我知道这一点让我奶奶很担心，因为她儿子娶了个根本不知道怎么把鲱鱼头熬成汤的女人。

我父亲早就不惦记鲱鱼头汤了。他想要貂皮大衣和珍珠首饰，而且他也买得起。和大部分男人一样，他因为喜欢女人而喜欢女人的衣饰；如果说他的妻子是他的一部分，那她的衣饰也是。她是他的肋骨，所以她穿上了真丝连衣裙，就像他自己也穿上了真丝连衣裙。他爱她的衣饰，爱看她打扮得漂漂亮亮，他因此得到了远比虚荣更深邃的满足感。那就是他自身的一部分，她令他感到圆满，她在另一个层面彰显了他的成功。他充分吸收了她的养分，但她无法汲取他的精华。这简直太平常了，以至于没人注意到这一点。至少当时没有，直到后来很多事开始改变之后。

丈夫和妻子。男人和肋骨。还有什么比这更寻常的？现在，他们会有孩子了。也就是说，我母亲怀着我父亲的孩子。这和妹妹们诞生时的情况有所不同，我才是雅典娜。

雅典娜完全是在宙斯的脑袋里孕育并诞生的。

古希腊神话里说：宙斯疯狂地爱上了提坦神族的智慧女神墨提斯，并使她怀了身孕。宙斯知道神谕显示这孩子将是个女孩，但如果墨提斯再次受孕，就会生下一个最终推翻宙斯统治的男孩，正如宙斯当年推翻自己的父亲克洛诺斯。恐惧的宙斯极尽爱抚和甜言蜜语，总算哄得墨提斯凑近了他，发自内心地想要亲吻他。就在这时，他把她吞入腹中。

几个月后，得意又骄傲的宙斯头疼欲裂，痛苦的喊叫响彻大地，怒叱恫吓要天崩地裂。赫尔墨斯向他点明了这种疼痛的缘由，火神赫菲斯托斯举起大锤和楔子，撬开了宙斯大神的头颅。雅典娜从中跃现，高挑、强壮、美丽，出自她父亲之身。

没有人会怀疑我父亲想要一个儿子。他以为自己肯定会有儿子。

我出生一星期后，他还会问："他怎样？"我奶奶告诉我，他曾用一双大手把我颠倒过来，对着光看我分叉的大腿根，只想确定我的生殖器官是不是缩进去了。他不相信医生。白大褂和听诊器好像隐身于他的世界之外。他憎恶权威和优越感，当然他也一直没病没灾。

等他不再举起我对着光验身后，他开始抱着我对镜察看。

他把我们俩并排摆放，想要比较一下，我像他吗？

他听从教导，知道要稳住我的头、托住我还没长坚固的脊椎，我好像隐约记得自己庄严地坐在他平摊的手掌里，似乎要稳住他失焦的视线，焦虑、急切、凝视着我的视线，好像我可以向他揭示他的真面目。

我出生后的头几个月里，他睡在自己的更衣室里。清晨五点左右，母亲喂我吃完奶后就会沉沉睡去，我父亲就会偷偷进屋，用那双巨大的手把我抱起来，抱到他栖身的那个炉火闪亮的房间。也许就是在那儿，被他抱在怀里，正对着镜子，镜面映照出奇特的小房间，我开始幻想别的地方，闪着稳定的光亮，却总有一臂之遥。

"我为这个孩子施洗……"

可怜的孩子，像一袋土豆似的在手与手之间传来递去，像一种面目一新、前程似锦、具有催眠力的希望，至少在眼下，是一种改变。我的家人沉湎于多愁善感。要说这听来很残酷，那也只是因为太逼近、太漫长的观察本身就很残酷。他们无法在寻常岁月、日常时日里表达自己的情感，所以需要每一种合乎情理的借口让自己有机会去表达。

他们说不出"我爱你",所以问"她是不是很可爱?",说"干得漂亮"。他们看似是锦衣玉食的享乐分子,总有一场派对在等待他们,哪怕我母亲一边在喂饱亲眷们,一边都会在脑子里开发法式开胃小菜的新菜谱。

本该挺有趣的,但他俩都不快乐。我五岁时,父亲嗑药成瘾,母亲酗酒成瘾。我以为自己很快乐,以一种让人恼火的坚决态度认为小孩子就该是快乐的,正是那种快乐对我的父母产生了磁铁般的作用。他们受其吸引,想得到它,但他们并不视其为理所当然的事,反而开始拆解那种快乐。

"你快乐吗,爱丽丝?"

"快乐,爸爸。"

"为什么?"他会用他那种眼神盯着我看,试图用他看出商机的眼光来看出快乐。

在十六岁生日派对上,我得到一个蛋糕、一条连衣裙,还有其他很多礼物。大人们吃了我父亲所说的"**鹅肝酱**"。你可以吃下多少、喝下多少,并且不会呕吐在咖啡桌上?

我母亲和我父亲都应付不了 60 年代。裙子都太短,头发都太长,最受欢迎的色彩搭配是紫配橙,那让我母亲看起来像吸血鬼、我父亲像马蒂斯的某张画。60 年代代表彻底颠覆过去,因为他们住在利物浦,所以显得尤其格格不入。利物浦,本该麻木地度过整个 60 年代,俨如默默蛰伏在别的年代,但披头士偏偏诞生于利物浦。我父母是英伦摇滚默西之声的两位受害者。

　　有一天，母亲送我去上学，街上好像特别安静。尽管整个路段只有我们这一辆车，我们还是把车停好，下车后慢步前行，手拉着手，穿过一些纸带和细线拼凑成的脆弱的路障。我们看到远处有些警察正在朝我们挥手，我们也向他们回礼。我们听到一辆卡车从后方驶来，我母亲对我说，应该是有电视台的摄制组在拍东西，这让我兴奋不已，因为我还没看过电视。任何上市仅有十年的玩意儿是不太可能让我父亲正眼相待的。

　　卡车离我们越来越近，四个从头到脚一身黑的年轻男人跑了过去。三个人抱着吉他，还有一个握着两个鼓棒。我倒是见过别人一身黑。

　　"是葬礼吗？"我问母亲。

　　她没有回答。她低头看着路面。突然，她抓紧我的手，拼命地奔回我们的车。我都不知道我母亲会跑。我从没见过她跑。她把我推进后座后，自己也飞快地钻进车，只剩迪奥香水的余味和几只散落的发夹在空中流转。

　　就在那一瞬间，小汽车被两边涌出的千百个尖叫的女孩撼动起来。我看到她们挂着泪痕的脸痛苦地挤在车窗玻璃和挡风玻璃上。那几乎就是眨眼间的事；她们立刻发现她们的猎物在别处，便像魔鬼一样瞬间消失了，一如她们刚才突然出现。我母亲下车和警察交谈时，只有一条被扯破的、写着 HELP（救命）① 的条幅能证明刚才发生了什么。

---

① 这里指的是披头士乐队在 1965 年发行的专辑 *HELP!*。

"暴民统治。"说这话的是我父亲，他开始考虑搬家去南安普顿。

他们严厉禁止我听披头士，并且在我们一个月一次的派对上也严禁播放披头士的歌，派对是我父母办的，谁想来都能来。我开始害怕派对，不认识的女人们会到楼上的空卧室里哭泣，而那些总爱按住彼此的膝头谈论战争的男人要么一喝就醉，要么喝个没完。我好说歹说，让父母允许我在办派对的夜里去奶奶家过夜。我母亲很不情愿，因为她觉得我奶奶不太讲卫生。这么说其实没道理，只是因为我奶奶坚决不肯安一个室内马桶，也不肯参加我母亲用特百惠饭盒加热食物的任何一次晚宴。

我收拾好了过夜的行李，打算出门时，母亲递给我一瓶消毒剂。"上户外厕所时用，"她说，"别告诉你奶奶。"别告诉奶奶。我奶奶一出生就是秘密警察局的荣誉警员，什么都瞒不过她。我走后门进入她家的厨房时，她就把我从头到脚搜了一遍，没收了消毒剂，再给了我一条工装裤，让我穿上。"来帮我清理厕所。"她说。

好几个月来，我头一回感到自己的身体松弛下来了。我一直像端举一把枪似的绷紧自己，枪头翘起，保持警觉，随时解决麻烦，随时保持恐惧。我的父母亲总是在吵架，不吵的时候也恶言恶语，不撂狠话的时候他们就筹办派对，主持派对，开完派对后再收拾残局。可是在这儿，把人类的排泄物从我奶奶的户外粪坑里一铲一铲清出去，我重新快乐起来。我们把松软的肥料堆在她种的玫瑰花周围，她把码头上听来的民谣唱给我听，为了润嗓，她隔一会儿就拿起没有商标的铁皮罐灌几大口。"喝格罗格，长酒糟鼻。"她用指尖拍拍自己的玫瑰色鼻头。

她的厨房天花板上有弯钩，吊着很多用绳子吊起来的洋葱和肥美的火腿，它们华丽丽地扭曲叠绕在一起。她自己做烟熏腌鱼，就吊在烟囱上面，成对地穿在织毛衣用的旧棒针上。为此，她坚持在厨房的炉膛里用柴火。其他房间里的壁炉都烧煤。她有一个玻璃门橱柜，里面一排排摆放的罐子里都是她自家亲手做的腌菜：泡菜、番茄、梨、卷心菜，当中还有一罐腌的是幼兔。那不是用来吃的，而是一件装饰品。每当有风吹过，橱柜就嘎嘎摇晃，小兔子就会在玻璃囚笼里蹿上跳下，长耳朵顶到盖子的时候还会微微弯曲。

家具都很简朴：一张擦洗干净的梧桐木桌，一只很深的搪瓷水槽，几把不配套的椅子，还有一台很难闻的雷伯恩煤炉灶台，搞得我奶奶做的司康饼上总落着煤灰。

"没事，"奶奶说，"看着我。"

好的，看着她，拇指囊肿，又矮又胖，头发像芦苇草一样打着卷，模样看着蠢笨，心地却柔顺细腻，而且像牛仔一样非常执拗。

她吃完司康饼后，上唇会留有一小条煤灰。她的邻居们叫她"黑嘴巴"，我奶奶叫邻居们"臭垫子"。不过除此之外，她们算是敦亲睦邻，圣诞节时互送小丝巾和肥皂。

我奶奶放下两条烟熏腌鱼给我俩做饭，加黄油和水炖软了吃。她问起我父亲怎样，眼看着我口是心非，我还能怎么说？我爱他，可他让我害怕。"是我的错。"她这是在自言自语，"都怪我。"

她可能想到了私立学校，或是他穿西装打领带去上第一份工的样子，要知道，他的亲朋好友都在船上干活；她也可能想到了那些爱慕他的平凡姑娘，又或是她的自豪，反正她都没有告诉我，无论是那天还是之前之后。和我父亲一样，她没办法说出自己的感受。和他不一样的是，她明白这一点，还会双手抱着脑袋一坐就是几个钟头，那时候，我以为她是想让词语从脑袋里蹦出来。但词语没有蹦出来，她的感受悬置在身体里，像腌菜一样存起来了。

我们清理完厕所，把新刨的木屑倒在下面以便堆肥之后，我奶奶说她准备了好东西，要给我一个大惊喜。她叫我站在厨房的角落里，也就是那件具有纪念价值的油布雨衣后头，然后她就呼哧呼哧、风驰电掣般把什么东西从煤库里搬了出来。我可以听到噼啪撞击、嚓嚓刮擦的声响，还有一种声音听来很像唱针末梢的噗噗轻颤。

"出来吧。"奶奶说。

厨台上放着一台崭新的亮蓝色丹森特唱片机。转盘上已放好了黑胶唱片，披头士乐队正以 45 转速唱着 *HELP!*。

就在我努力接受这简直不像现实的情形时，我奶奶扭起了腰肢，更准确的说法大概是：摇摆，因为她只有屁股和脑袋能够摇摆。她折起双臂，手肘向外，僵硬地摆在身前，她的双脚分开，戳在地板上。

"我来教你。"她说。

她真的教我跳摇摆舞了。掏厕所的事我们都没有告诉我母亲或我父亲，也没说司康饼、跳舞课，更没提没商标的格罗格酒、小年轻们玩的黑胶唱片机，以及不讲卫生带来的快乐、黄油炖腌鱼的那股味道带来的祥和感。

"你在那儿肯定无聊透了。"我妈妈说。

我父母家太干净了，干净到让我不舒服。讲卫生的好处说得太多了，但很少有人谈及洗衣粉导致的湿疹、铺地毯导致的哮喘、去污膏导致的过敏、碰到漂白剂就指尖发痒、金属擦光剂的喷雾消散在空气中。更糟糕的是，我母亲发现了锦纶这等如此方便清洗的好东西，所以完全无视我的脚癣、锦纶短裤的锦纶花边在我非锦纶的皮肤上勒出的红印。

如果我也是锦纶材质做的，情况应该会好很多；身体吸进去的凄楚就会更容易被肥皂泡浸泡出来。

我长大了。九岁时，我个子很高，很安静，不快乐。我父亲放弃了他的宗教，但没有抛弃宗教附带的迷信。他把我的凄楚视为原罪的铁证，因为我没有切实的理由不快乐，不快乐本身势必就是人类所固有的。他怎么可能逃脱天真无邪的孩子都无法逃脱的东西呢？和我奶奶一样，他有一种哥特式的脾性，但我奶奶一直追随着她的上帝，因而心怀仁慈。我父亲没有为他自己找到仁慈心，也无法慈悲地对待任何人。

他的世界暗淡下来，我们家的阴影也随之加深。我们住在一栋光线充足、有很多大玻璃窗的宽敞大屋里，由著名建筑师鲁特恩斯设计。我父亲以爱情之名、傲然之姿，为我母亲买下了这栋房子。搭设狗屋的逼仄露台和户外厕所配不上她。树木环绕，绿意盎然，花园里点缀着矮灌木，平整的草坪中央竖立着一尊维多利亚时代的花岗岩石板日晷。底座上雕刻着戴着兜帽的时间之神在收割时间的形象，但在最顶上，也就是十二点的位置之上，还有一个天使手持号角，上面刻着一排拉丁文"Aliquem alium internum（任何他者之内）"。小时候的我不知道这句话是什么意思，可当我能够翻译了，却还是不解个中深意。后来，这句话对我意味深长，但那是后来的事了。

时光笼罩在金色和绿色中的时候，整栋房子都好像飘浮在半空。我父亲对他的工作很满意，我母亲对她的家和孩子们也很满意。我记不清日光是在哪个确切时刻消失的，只记得寒意慢慢袭来，金色褪成黄色，黄色再变浅，渐渐淡去。我确实记得，我父亲感到自己被骗了。他的薪水不够多，他的奖金不够多，他面临的挑战微不足道，他获得的成就得不到充分认可。他对我母亲说过这些事，我听到他说的；但他站在日晷旁对我说道："我四十一岁了，大海在死去。"他的手指在戴兜帽的时间之神身上来回摩挲。

在我的噩梦里，时间之神把海水舀进他的兜帽里，全部带走。他站在世界的尽头，把海水全部泼入宇宙。

晶晶亮的鱼就是群星。

天空和大海的鏖战不可避免。航运成本上涨，空运价格下降，因此货物更倾向于空运，乘客也是。我父亲所在的公司面临无可挽回的损失，上上下下无人幸免。创建于1809年的三叉戟航运公司缓慢地走向破产，也捎带着我父亲走向下坡路。

他的钱足够多，渐渐枯竭的是他的生命力。朋友们把他的怨恨和不满理解为对窘困处境的正常反应。我母亲的态度简单明了：男人必须有事业。但我父亲不是个简单的人物，他仍然很清醒，那足以令他在股掌间腾挪面具，并自问该用哪个形象示人。他一反常态地去找我奶奶。

"我把自己的人生搞成了什么模样？"

"大卫，你得到了你想要的一切。"

"我想要什么？"

"你不是想出人头地吗？"

"你不想吗？"

想。不想。时钟嘀嗒响，黄油腌鱼香。从母亲体内诞生的年轻男子，穿着他父亲的衣装。出人头地。做了不起的人。重塑历史，改头换面。让我们的生活不再是无穷尽的牺牲，而有攒不完的能量，有力气跳龙门，但我们跳完会落下，有力气再跳龙门，但我们还是会落下，直到跳跃的你不再跌落。然后，我们看到自己想要的，几个结结巴巴的词语得到了讲故事的冲动。这是一个卑微寒门子弟跃上龙门的故事。我的儿子是大卫，他的父亲、祖父、曾祖父乃至祖上六辈都在码头上干粗活。我儿子大卫是个男子汉，有钱，尊贵，有本事。

我的儿子大卫，眼睛里有光。我的儿子大卫把历史拖回了家。

"母亲？"

"大卫。"

他们没有再说什么。我父亲拿起他的帽子和围巾，出门走向码头。那儿有很多他认识的人，像他一样闲着没事干，他们羡慕他有钱，尽管他还不至于笨到羡慕他们很穷，但他心里多少有些遗憾，为他所做的一切而感到抱歉。他们一起喝酒。他一人独酌。他想跟他们去脏兮兮的"海军上将武装"酒吧，但他们回家后只有节俭的口粮、未付的账单，他怎么好意思贪杯不走？他很想很想把"我不快乐"说出口。但他怎么能对他们开口？

　　那天晚上他没有回家，后一天晚上也没有回家。每天晚上六点钟，电话铃都会响，就这样响了一星期。我母亲的神情比平日里更茫然，床头灯开一整夜。照理说，我们应该不会注意到的。那时已入冬，屋子里一整天都很暗，草坪上都结了白霜。我和两个妹妹在石化般的气氛中静悄悄地做游戏，我们呼出的气短暂地温暖了我们身边凝冻的空间。我们在等待，一边等待，一边望着时钟。

　　他不在家的第六天，我母亲出现在餐厅里，穿着她的貂皮大衣，拎着一只小行李箱。我们姐妹仨正在玩拼图，微弱的炉火勉强地想要化开垂挂在房间四周的长冰碴子。

　　"我必须去见你们的父亲。"她说完，用冰冷的红唇亲吻我们，"奶奶会过来的。"

　　奶奶来了，从头到脚都裹着毛呢，整张脸都被巴拉克拉法帽遮住了。她给我们做了一杯热可可，我母亲一阵风似的钻进了出租车。

　　"她要去哪儿？"

　　"伦敦。"我奶奶回答，从她的发音和语气来看那应该是地狱。

"那儿没有海，对不对？"

我觉得父亲已经走向了他的死亡。

我帮奶奶整理她带来的东西：够吃一星期的腌鱼，还有她的《圣经》。我依着书签把书摊开，发现又回到了《约伯记》那一章节。这就是说，我奶奶在受苦，但就当下情形而言，她的苦楚自带闪光的威力，足以让这个冷漠的屋子热腾起来，让我们重新兴奋起来。她总是念叨那句——"角每发声，它说呵哈"，我很想知道有这种能耐的到底是什么样的马①。我们没有被吓到，反而模仿起它来，处于冰点的屋子很快就充满了各种气味和烟雾，还有我们高喊"呵哈！"的声响。

我说："如果我们一直很乖，是不是就会一直很快乐？"

"不。"奶奶说。

"那我就不乖。"

"那有什么困难的？"

困难。她与生俱有的、他与生俱有的某些东西被我继承了，两个妹妹都没有。在号角声中呵哈嘶鸣的马！为什么明知这一战只会让你跛足，还要和天使整夜角斗？为什么不走开？为什么不睡觉？

奶奶爱我，因为她在我身上认出了她遗传给儿子的那种顽固。困难和梦想是分不开的。要在自己的抟泥之身淘出金子来，就要站在冰

---

① 参见《圣经·旧约·约伯记》39：19—25："马的大力是你所赐的吗？它颈项上挓挲的鬃是你给它披上的吗？是你叫它跳跃像蝗虫吗？它喷气之威使人惊惶。它在谷中刨地自喜其力；它出去迎接佩带兵器的人。它嗤笑可怕的事并不惊惶，也不因刀剑退回。箭袋和发亮的枪，并短枪，在它身上铮铮有声。它发猛烈的怒气将地吞下，一听角声就不耐站立。角每发声，它说呵哈；它从远处闻着战气，又听见军长大发雷声和兵丁呐喊。"

凉刺骨的水里，把你自己置于粗糙的筛中淘洗，揉碎你自己。没有人可以强迫你这样做。没有人可以强迫你离开。莱茵的黄金，至纯魔金；在莱茵黄金的故事①里，有一枚指环。

后来，很久之后，当我听到瓦格纳的《尼伯龙根的指环》组曲就会想起那时候：我还是很小的孩子，父亲会带我去看河口看日落。他很爱水面泛着金光的景致。他的思想随之跃动。起初，他和他的想象尚能自由移动，但后来，跃动的金光在他身边凝固起来，他开始计算。所有传说都在一点上不谋而合：在困难中，在梦想中，英雄决不该计较代价。

门口响过一番大动静后，我的母亲和父亲风风火火地走进门廊；她戴着一条银狐围脖，他穿着簇新的大衣和软呢帽。在他们身后，有个出租车司机吃力地提着一堆箱子爬上楼梯。

我父亲把我们抱在怀里荡到半空，大笑着说，我们要去探险啦。

"我们要搬去伦敦住。"他说。

"为什么呀爸爸？"

"因为爸爸有了新工作。"

---

① 《莱茵的黄金》：瓦格纳的音乐剧《尼伯龙根的指环》的第一部，作于 1869 年，首演于 1869 年。故事说的是：莱茵河底有莱茵女仙守卫着的魔金，戴上用它铸成的指环，即可主宰世界，但前提是必须抛弃时间和爱情。尼伯龙根侏儒阿尔贝里得不到仙女们的爱情，更受到嘲弄，遂发誓抛弃爱情，夺得魔金铸成的指环，成为世上王者。围绕着尼伯龙根的指环，人界、神界展开了激烈的争夺。

我父亲听人说过，英国最负盛名的航运界翘楚——丘纳德航运公司——即将被特拉法尔加房产投资公司收购。前不久，丘纳德航运公司最新出品的旗舰号游轮"伊丽莎白二号"交付使用，已开始为公司盈利。我父亲在南安普顿出席了新船下水仪式，遇到一些惺惺相惜的朋友。其中有两人来过我家的**鹅肝酱**派对。其中一人建议他考虑一下，在丘纳德的企业重组项目中担任要职，特别负责"伊丽莎白二号"横渡大西洋的航线。对我父亲来说，这不亚于梦想重生，青春再现，二度新婚，在那个地方，大海依然是生龙活虎的，他本人也是。丘纳德航运公司的总部在伦敦，不出几周，我们全家都在伦敦了。

*

　　临走前，我们拜访了校长。那时我刚上初中，整天焦躁不安，没法专心。校长意识到我的家境优渥，天资也不差，因而猜想我要么是坏小孩，要么是笨小孩。我身材魁梧的父亲让他很害怕，怕到不敢用坏或笨这种字眼直截了当地形容我，我现在当然是明白的，但当时的我真心相信他说的句句属实。其后八年，我一直把自己封闭在他的抽屉之说带来的苦难中。

　　有苦必有得。既然校长都正儿八经地说我不够聪明，我父亲就开始带我出差。他认为，如果我不能得益于昂贵的学校教育，那现实世界中的阅历说不定对我更有裨益。两个妹妹去博纳顿寄宿女校念书了，我就在本地天主教中学，常常逃掉宗教课和家政课，好去陪我父亲出差。1973年，我十三岁，我们飞去纽约，全程参与了"伊丽莎白二号"的"彗星之旅"。就是这次航行让我的未来聚现成形。

用三天航行追随科胡特克彗星，这个创意是他想出来的。这颗彗星是以发现它的捷克天文学家的名字命名的，科学家们预想它是 20 世纪最明亮的彗星之一，从某种角度看，这次航行堪称千禧年狂热的伊始。宗教可能失去吸引力，但预兆总是很受欢迎。船票一下子就卖光了，这次航行本身就有点像**鹅肝酱**，挤满了渴求目睹神秘的无神论者。可惜天气糟透了，大部分成年人发现可见度最佳的视野仅限于香槟酒瓶内。我父亲忙得不可开交，我总是一个人待着。

那天夜里，大约十一点三刻，天空分为两半，一半云层密布，一半明朗澄澈。群星深嵌，仿佛被锤进了夜幕，并非轻飘飘地浮现在夜空中。游轮经过之处，海水分为两半，白色的浪花涌现在裂口，但等游轮驶过，海水的裂缝立刻愈合，我望不清黑色夜空和黑色海水从哪里开始交融。我想起自己常有的梦境：时间之神把海鱼倾倒在空中，天空里满是鱼变成的星；高远苍穹中的海洋之星。有许多传说流传在讨海人中间：有一条亮鱼火热四射，即便在深海都会闪闪发光；有一颗星星带着羽翅，从上帝身边坠落；有一种神秘的炼金术，能融水火于一体，相反相成[1]之物能互相转换。有些作家会把海洋之星和鲫鱼的形象融合起来，那是一种会吸附在船舵上让船停止前行的小鱼。不管海洋之星到底是什么，这个决定性的、宿命的东西能彻底改变既定路线。

我父亲跟我说过鲫鱼聚成的阻碍[2]，还说过小船里的希腊渔夫有多

---

[1] 原文为拉丁文。
[2] Remora：既有鲫鱼之意，也有阻碍之意。此处是一语双关。

害怕。我父亲不怕阻碍。

狗。狗鲨。天狼星。

马。海马。飞马座。

僧侣。海僧 ①。天使。

蜘蛛。蜘蛛蟹。巨蟹座。

虫。鳗。那条最古老的毒蛇。

那个年纪的我迷恋列清单，但我列的关于大地、海洋和天空的单词表是有对应性的，一半有真凭实据，另一半仰仗想象。也许我是想紧紧把握住自己那个极可能分崩离析的世界。也许我是想在没有秩序的地方找到秩序。"伊丽莎白二号"坚定地浮在海面上，而我想到了"泰坦尼克号"，幽灵般被遗弃在海底，而在上方，在神秘的黑色夜空里，愚人船在星群间逡巡游弋。会不会就是彗星？

传说那条船为了寻找圣杯，在世界的尽头起航，永不停止航行。在时间和超越时间之永恒的特殊结点上，那条船将再次出现，像一道明亮的光，射穿莫测高深的宇宙，它所追逐的既非起点、也非终点。

一个小女孩能看到什么连天文学家和望远镜都看不见的东西？根据那次航行的官方日志记载，一路都没有看到彗星。那么，究竟是什么把那个普通的夜晚圈定在无限感之中？我看到了银白色的船头从我面前

①　Monk fish 即鮟鱇鱼。

驶过，看到了褴褛的帆布。男男女女们挤在甲板上。一声巨响，仿佛整个世界的时钟停摆了，其实那不过是因为我们这船的主机紧急反向倒车。清早，父亲才告诉我，当时船上收到一个不明来历的信号，他们认为有可能是行驶在我们前方的某条船，但遍查之后并没有发现什么船只。

至于我，在黑夜中望着那条细弱的银线飞驰而过的我，就此加入了无法以百年计时、也无法量度距离的朝圣之旅，称之为艺术、炼金术、科学或神的朝圣者们，都被一束永不停顿的光所驱使。

"神佑号"。我父亲掌舵。我母亲在硬邦邦的长沙发里产下了我。

我母亲平躺着，裙子掀起来，盖住了她的脸，无可挑剔的长丝袜褪下来，堆在脚踝，她的痛苦呻吟呼应着轮机的引擎轰鸣。

我的头先出来，我使劲地把自己推出母亲幽暗的地下世界，推进充满困难和梦想的父亲的世界。我从没指望再次回去。

我奶奶哼着赞美诗，主要是在赞美上帝，但实际上是为了不让我父亲听到里面的事态。那是迅速的顺产，奶奶把我搁在母亲的胸脯上后，吃了一块三明治，再去告诉我父亲，他有幸成为一个女儿的父亲了。

他把船上所有的应急照明弹都点了，把河面照成磷光闪闪的一片红色。那片水域里的每一艘拖轮、每一艘巡逻艇都赶到我们周围，但这里没有沉船，我们是在庆祝。我奶奶说，这是"沙丁鱼和杜松子酒的奇迹"。她只拿了够她自己喝的份，但好像每个人都有酒喝，我就是这样出生的，出生在尘土中、欢乐中、水中、烈酒中，上上下下都有鱼，最高处是一颗严苛的星星。

星 星

THE STAR

1947 年 11 月 10 日。纽约市。太阳处于天蝎座。

爸爸是维也纳的书商。妈妈为奥地利铁路公司设计海报。在第二次世界大战之前，我父母没有任何与众不同之处，只不过，妈妈是德国人，爸爸是犹太人。

"Der Paß wird ungültig am 24 März 1939 wenn er nicht verlängert wird."

"如不申请延期，本护照将于 1939 年 3 月 24 日过期作废。"翻开护照红棕色的封面，第一页上就有一个鲜红色的"J"——犹太人。

爸爸在纽约有朋友，正是那些朋友帮他安排好各种证明文件，让他能够在护照过期前，趁着自己依然保有财产的时候远渡重洋。政府已准备出手没收他的货品、他的生意、他的家宅和他的太太。

身为德国人，妈妈可以申请立刻离婚。

怪就怪在这里：我父母的婚姻并不幸福。妈妈已经不爱爸爸了。爸爸闷头埋在他的书堆里。当他坐汽船前往纽约时，妈妈根本不需要再见他。

但她是怎么做的呢？

她申请了一本个人护照。她提出离婚后，得到了官方许可，也得到了她的天主教会罗尔神父的承认。神父讲授教会对于犹太问题的看法时，她只管和一个纳粹高级军官调情，让他帮她把爸爸的财产廉价变卖，能卖多少就卖多少。她把卖来的钱都换成了金条。

等她做完所有她敢做的事，就编了个理由从情人身边溜走，再向公司告假，说她要利用短假去巴伐利亚看望父亲。实际上，她坐火车从瑞士过境，横穿法国，再搭上去纽约的轮船。她走得很慢，因为绑在身上、遮在裙下的金条令她步履沉重又迟缓。

要是她被逮住，肯定会被枪毙的。

她有自己的工作，她是德国人，她完全可以再结一次婚，找个不错的归宿。她从没想过自己的所作所为有任何政治性。她一直都想离开那个男人，为什么还要为了他冒这样的生命危险呢？

那是一种奢侈之姿，一种炼金术般无法预见的杰作。当他们的婚姻中惨遭践踏的泥土被转换成高贵的药丸，他们不合时宜地振奋了一阵子。

爸爸在阿姆斯特丹大道和七十五街交叉口开了一家书店。只要是二手货，他都卖，我就是在那儿开始读文学书、诗歌和喀巴拉经文。我常常把书带回家，慢慢地穿过中央公园，在我家公寓楼的防火梯上继续读，楼里谈情说爱的男女用意第绪语唱着情歌。

"这孩子是斜眼。"我出生时妈妈这样说。

"她会成为一个诗人。"爸爸这样说，他学过面相学。

刀和叉（Fork）

瓶和塞（Cork）

拼写纽约（New York）的

好办法。

这是我学会的第一首诗，听一个孩子讲过后就记住了，那孩子的父亲是卖面包的。妈妈很失望，给我买了一本手工精装版《浮士德》。爸爸说："抬头看。"

不是看恍如一夜之间从一无所有的曼哈顿大地上耸起的摩天大楼，也不是看凶猛的大吊车如扑食般在天空中张牙舞爪。他说："地上生长的每一片草叶都会对星星产生相应的影响。这就是吉兆（Mazalot）。"

他说："想要去领受的欲望就是极致的激情。将你自己向光明敞开，你就会变成光明。"

当时的我不能理解神秘的爸爸，他每天清晨都凑在经文匣上，那只小小的黑盒子里装着托拉律法，既包含又指引他的生命能量。

"那是魔法吗？"我问妈妈，她耸耸肩，好像在一摞铝制盘碟中没有找到什么咒语或魔符，为了煮那些她不喜欢煮的食物，白铝盘子都已焦黑了。

我的日耳曼妈妈，骨子里就是布伦希尔德①，她自己就有魔咒，火

---

① Brünnhilde，北欧神话中的女武神。在冰岛史诗《艾达》、瓦格纳的《尼伯龙根的指环》中都曾出现过。

圈围绕着她。没有人可以接近。她是炽燃岩石上的女人,等待着,等待着,想等到配得上她的英雄。那可不是我爸爸。难道不是她救了他吗?正是如此,结果梦被烧尽了。

全凭一己之力,纽约平地而起。战后的那些日子里,城里到处都是开得慢吞吞的水泥车,工人哨声一响,随时都能倾倒出满仓水泥。再往上,巨型高楼的钢骨架上,猴子般灵敏又勇敢的男人们将烫到发红的铆钉投进钢架上的大钉孔。我们是在把未来紧固地装配起来。富人穷人都一样,全是新世界的铆钉。

我读威廉·华兹华斯。"活在那个黎明是多么幸福,然年轻恰如天堂。"

我读威廉·布莱克。"你凭何而知,每只迎风展翅的鸟儿,都是一个愉悦无穷的世界,但被你的五感闭锁在外?"

我读惠特曼。"我浇灌所有生长之物的根芽。"

街道。十字路口。哈德孙河,牛畜船进入货舱。屠宰场的气味。水泥的气味。热气腾腾的金属。热气腾腾的面包圈。浇在新铸建筑上的冷水。我们家的街区庭院。眼窝深邃、黑皮肤的年轻人,窝在我家书店的书架边。身穿红色波尔卡圆点衣裙的妈妈在伍尔沃斯大楼外。俄罗斯犹太老人的长外套。刚刚磨好的辣根粉。"简直能用刀划开"的夏皮罗葡萄酒。爸爸的《犹太前进日报》的黄色新闻纸。我们家的竖式钢琴。中央公园里穿着双排扣西装和皮裤的司机。爸爸走啊，走啊，在这座十二点五英里长、两点五英里宽的阿拉丁岛上走啊走，任何人都可能幸运地擦亮一盏魔灯。

爸爸的朋友们都在下东区，沿街都是犹太人的生意。眼神晦暗，仿佛恶灵附体的瘦弱男人把留有水渍的旧书卖给爸爸时，会给我白面包吃，爸爸再用一只巨大的毡布旅行袋把书搬回来。

妈妈的朋友们都在上东区，都是德国人，总有吃不完的豌豆火腿汤、特大号香肠。妈妈戴着优雅的羽毛帽，穿纽扣西装。妈妈暗中发誓，早晚有一天我们会回到维也纳或柏林。

那些年月干净利落地折叠成一幅幅画面、一个个词语，当中发生的事情就像胶水或树脂，只是为了把重要的事物固定在当时当下。直到现在，过了那么久，那些画面和词语依然孑然独立，余下的都已零落消失，只留下某些特定的瞬间，犹如时间的纪念品。

我以为是重要的事——珍物奇事的清单、潮汐留痕的清单——却像被拆毁的房屋里的物件目录那样毫无用处，我该气馁吗？旧日记本里仔仔细细写满了头等大事，现在却根本想不通那有什么需要急急记下的。我写下的字，是另一个人的笔迹。占据我心的，是我没有说出来的事情，是我束之高阁的东西。回来的，无论轻柔或汹涌，都因其崭新如初而令我烦恼。活灵活现。回来的，不是我曾经仔细记录、久经回想的记忆，而只是无数个瞬间，就像暗红色的 J 字把爸爸与他人区别开来那样，令我有别于他人。那些顽固的部分标记了我。

也许我早就知道会这样的。我记得有一天和爸爸一起回家，一如往常，他忙完了一些书或别的事情之后，刚好在霓虹灯熄灭的时刻走上时代广场。有内心的光明指引着，爸爸大步向前，不为任何事所动。

而我，在那个彩光突然变为虚无的瞬间，觉得世界消失了。如果世界可以如此轻易地消失，那它到底是什么呢？

"阴影，征兆，奇迹。"爸爸这样说。

我读惠特曼。"真实感，唯恐最终被证实为不真实。"

为了抵制爸爸的喀巴拉思想[①]、第五大道伊曼纽尔会堂的崇拜仪式，以及奇奇怪怪的朋友们和会堂师傅们的拜访，妈妈稳固了自己的德国属性。她不是神秘主义者，但她和爸爸吵架是因为他总在她的炖锅里捣鼓那些秘不可言的实验。她实在不想在一剂用以压制邪恶之树[②]（诸如魔鬼、邪恶的躯壳之类让人远离上帝的东西）的残留物上煎她的薯饼。

她的父亲曾是个屠夫，曾信仰天主教，后来不信了，成了手持屠刀的无神论者："我把这块肉大卸八块时，它的灵魂在哪儿呢？"她

---

① Kabbalah，字面意思为"接受、传承"，与犹太哲学观点有关的思想，用以解释永恒的造物主与有限的宇宙之间的关系，尚未形成教派。

② 在喀巴拉思想中，每个人都是另一样物事的躯壳（Klippah）：譬如保护果实直至其成熟的坚果壳，在喀巴拉语系中代表某一种恶魔力量；其复数形式（Klippot，即文中"邪恶之树"）指的是各种邪恶力量的统治，是代表善恶知识的光明树的反面对立体。这意味着混乱和黑暗的力量在创造中亦有其贡献，可以激活自由意志。根据喀巴拉的说法，光明与黑暗、善与恶之间的对抗能促进自由意志，因为没有光明与黑暗，就没有选择，因此没有自由意志。

很不喜欢他那种巴伐利亚式的粗暴，就搬去维也纳学习素描和油彩，靠在咖啡馆里卖人物速写赚点生活费。她的智慧在羞怯中增长，被我爸爸所吸引，因为他可以无中生有地讲出一套套道理。她的信仰暧昧不明，他的信仰深藏不露。他好像要从犹太属性中逃离出去，一直到结婚几年后才开始钻研喀巴拉思想，苦读到深夜，熬红了双眼。他转向内心的时候，她转向了外部世界，不过，他像穿衣服那样投入地"穿戴着"自己的信仰，她也专注地沉溺在自己的世界里。两人都否认对方心目中的真相。在她看来，他太狂热。在他看来，她太冷淡。

在纽约城里，在一段短暂的日子里，他们因为相依为命而记起了对方的存在。那时候他们很幸福。但之后，他们又开始在各自不同的火堆旁取暖了。

就在这片靠不住的亮光中，他们的孩子出生了。斜眼。诗意。视力缺陷自行矫正了。那另一种缺陷呢？

视力缺陷。我要说的是不是视力带来的影响？ 20 世纪初，正当毕加索、马蒂斯和塞尚采用崭新的光线表现手法时，有一种理论借科学之力广泛普及，说这种新艺术形式源自一种视觉错乱，但某些艺术评论家嗤笑说这种说法无异于把理论硬套在画作上。不过是一种视力缺陷。那些画家都是近视散光：无法聚焦光线的视网膜异常表现。所以他们无法照实画。他们看不出一只猫就是一只猫，除了猫还是猫。

最近我听说埃尔·格列柯也被套用了这种说法。他把人物画得特别修长、缩短透视距离，那都和天才禀赋无关了，只是视力问题所致。

也许，艺术就是一个视力问题；表象的世界，被感知到的世界。

征兆，阴影，奇迹。

你看到的，并非你以为你看到的。

爸爸在书店楼上的暗室里等待十五月圆时。佩戴黄玉的爸爸。在黑暗中闪亮的是什么光？什么宝石的光泽、生动的芒星能熠熠生辉？爸爸的神圣黄晶密室。爬上楼梯，在门外倾听他半像歌咏、半像诵唱的声音，细微的声线将他和包围他的光芒联结在一起，那是必须融入的外部灵光。

爬楼梯。妈妈在楼下的书店里，想把爸爸乱堆一气的书理出头绪来。因为他太累了，太兴奋了，前一晚又迈进隐蔽的门口，走向了圣洁的正义者[①]。

妈妈踩在她的小木梯上，丝袜的缝线笔直，收音机里播放着贝西伯爵的爵士乐，轻轻扭摆的腰臀，还有台灯的光芒照亮她衬衫下的衬裙。

爸爸，他的羊皮纸古文，他的晶石，被照亮的黝黑的脸庞。

妈妈，金发碧眼，一丝不苟，几乎不为外物所动。

我很害怕。我跑出门外。

妈妈说："你去哪儿都给我小心点。"

爸爸说："你看到的并非你以为你看到的。"

视力缺陷。我要说的是不是视力带来的影响？

---

① Mekubalim, 亦即 Tzadik, 希伯来语, 意为符合犹太教义的正直、圣洁的好人。

"科学不能解决自然的终极谜题，因为我们本身就是自然的一部分，因此也是我们试图解释的谜题的一部分。"（马克斯·普朗克）

"现在看来，必须用空间内持续活动的说法来描述物理现实。几乎无法再用质点去加以构想。"（阿尔伯特·爱因斯坦）

"若问电子的位置保持不变，我们必须说不。若问电子的位置是否随着时间而变化，我们必须说不。若问电子是否停滞不动，我们必须说不。若问电子是否在运动中，我们必须说不。"（罗伯特·奥本海默）

真相就是我们所不知道的吗？

我们所知的，不能满足我们。我们始终知道的，已透露出那仅是真相的一部分。我们世世代代所知的，都被扔进新近掌握的知识里，而所谓新知也会慢慢不再引起我们的兴趣。

在犹太律法[①]中，希伯来人都要了解的知识并非关乎事实，而是关于各种关联，哪怕经常被用于性爱语境。知识，不是越积越多的，而是像充电再放电的过程，是从一处到另一处的能量的释放。为了让自己有安全感，我不会选择囤积一批看似确定、其实漏洞百出的结论，

---

① Torah，意为犹太律法。从狭义来说就是摩西五经，亦即《旧约全书》中的前五卷：《创世记》《出埃及记》《利未记》《民数记》《申命记》。

我可以放弃分类法，邀请自己放飞思路：模式，节奏，多样性，悖论，变化，潮流，错流，不规则性，不合理性，天赋，关节运动，轴心运动，超时工作，如此假以时日，只为了找到依然能传送出去的思绪。

事实让我孤立无援。历史、地理、科学、艺术被装进干干净净的盒子，各自为营。互通的世界总有5[①]时，事物的独立性又是什么？我要的是生命力。不是木乃伊。生命力。我猜想，这就是我会爱上乔瓦的原因。或者再准确一点说，为什么我在看到乔瓦的第一眼时，就知道自己会爱上乔瓦，在我出生的那一天就知道了。

能量先于物质存在。

我出生的那一天。

纽约城，寒冷的下雪天。寒冷是主子，温暖是仆人。寒冷入主每一栋公寓楼，把温暖逼到越来越逼仄的角落里，把温暖扔到大街上，任其气若游丝、凝冻而散。没人可以得到温暖。火炉和锅炉经不住太大的压力而纷纷自杀，死气沉沉，被穿着冻僵的工装裤的冻僵的男人们拖出冰点的地下室。交警使出浑身解数，想在寒冷造成的混乱中维持秩序，打着手语指令的胳膊僵硬极了，感觉上好像已经不属于他们的身体。换班时，你常常会看到他们好像从基座上走下来的雕像，被挺直平放在喷着白气的卡车上。

[①] 喀巴拉经典《光明书》用数字 10（十个质点）构建出四个世界（圣光界、创造界、形成界、行动界）；16 世纪出现的鲁利安体系的喀巴拉生命之树中还提到第五个世界——亚当·卡蒙（Adam Kadmon），这个世界彰显了神性的一个层面。

小汽车、大卡车和无轨电车都开得越来越慢，排气阀颤颤巍巍，化油器结冰，直到排气口抗议似的砰一声巨响！它们在飘落的大雪中沉睡，黑色的身体渐渐被涂抹成白色。

　　有个男人找来一辆战前使用、共有十八个挡位的大消防车，引擎离地面很高，下面都能站一个小孩。他用石棉网搭了一个小平台，兜住一个伐木工用的户外小火炉，再把整个装置固定在引擎下面。只要不断给炉子加油，他就能给这辆大车的发动机保温，车就发动得起来，就这样，他忙忙碌碌地干起了杂货售卖的好买卖。只要有人听到消防车的警铃，或是看到庞大的铬色栅状的散热器朝自己的街区开来，大家就会跑出门，带动四肢和外套，招呼他停车，跟他买牛奶和土豆。因为引擎真的很高，远远看去，你会看到小火炉像只炽燃的独眼，俯瞰空荡荡的街道，再经过那些被人遗忘的小汽车。

　　还有一个男人有六条哈士奇，他把它们套在自己制作的雪橇前。他是波兰人，为了躲避战乱才到纽约来的。至于他怎么能偷带六条哈士奇蒙混过了移民局，没人说得清，但传言说那时候的狗都很小，移民局的官员是个生于斯长于斯的城里人，完全不相信它们会长成那么大的狗。再说了，他太太不也很爱她的吉娃娃吗？

　　在果园街市集附近和埃塞克斯街上，无人不知拉菲尔和他的狗。他的营生是卖水果味奶酪，所用的独门秘方是他在沙皇皇宫御用厨房里工作过的叔叔传给他的。虽说拉菲尔看起来有点怪，但别人也都好不到哪里去，大家都流离在天然轨道之外，如今也都在新太阳系周围学习新轨道的运行方法。

大雪初降时，拉菲尔在天棚下的蔬果摊位里，那儿到处都是狗毛和鸟的羽毛。拉菲尔想起自己出生前的年代，甚至他父亲出生前的年代，那时候，会有一个人走过广阔的冰原、冰封的河流，在雪橇上堆起猎物的毛皮，而那个人至今仍在拉菲尔的血液里。六条狗对着悄然降落的雪花大声吠叫，鹅毛大雪，雪大如席，雪崩般铺天盖地的雪在地球上最现代化的城市里夺取了主权。它们也开始回想，在它们的爪垫下有爱斯基摩的白色岩石、在狂风中只能长得矮小的植株、火山硫黄间歇泉，还有更远处的短鬃小马和别的看不见的生物在夜里嚎叫。它们准备好了。

拉菲尔干了整整一夜的活：锤钉子，锯木头，弯木片，塑形，涂油，刨平，磨光。那些狗跑来跑去，用嘴叼来他需要的东西：木头，绳索，金属和皮革。

天亮前，他和它们都准备好了。毫无生气的拂晓时分，沿着荒凉的第五大道，钟声响起，狗吠声响起，鞭声响彻封冻的空气，还有一声像冬天本身那样古老的呐喊。拉菲尔在他的战车上，头发像煤炭一样漆黑，双眼像燃煤一样明亮，让雪橇驶过之处的雪花飞旋四散。

人们跑出门，簇拥在他身边，买他从两只晶晶亮的俄式茶壶里倒出来的红茶和豌豆火腿汤。他也卖百吉饼，夹了他自己做的果味奶酪。他也卖黑巧克力，还有一种很新奇的用薄荷油做的软膏，擦在胸口能缓解感冒引起的不适。他的那些狗特别受孩子们的欢迎，它们甩掉毛丛里的雪，露出晶晶亮的牙齿，吐出热气腾腾的舌头，向孩子们示好。

人们把他的雪橇和狗称为"天使车"。他乐于帮年纪最大的人跑腿，也乐于让年纪最小的孩子搭便车，从聚在咝咝叫的黄铜热水罐背后的一众孩童之间挤出一条路。

纽约，这骚动的城市无法快步向前，又讨厌停滞不动，于是就往后倒退。往后退到过去，无论是一个人还是所有人，都退回这座城的过去；哈德孙河和设陷阱捕获兽皮的猎人，印第安人和他们的杂色骏马，荷兰人施托伊弗桑特 ①，买卖，造屋，航海，交易。退回到市民们的过去，如今的市民来自地球的各个角落，但他们都清楚何为奋斗，何为开拓。把困难转变为梦想。

大雪把高楼大厦重塑为崇山峻岭。小小的人影裹在他们所有的衣物、所有的铺盖里，步履无声，行走在这些群山下的阴影里。他们在猎食，在寻找同伴，用他们拥有的东西换取他们想要的东西。

为了反抗大雪带来的沉寂，人们开始歌唱。堆银砌玉的雪阻隔了声音，几条街之外的人唱了一首歌，你虽听不见，却能感受到声波的振动。这座城的歌声如地震般撼动了根基，以至于雪融之后，你会发现楼宇好像变矮了。

那些日子里，谁出门都会看到人行道上点着一团团火，男男女女聚在火堆边取暖，都远离自家冻死人的公寓。然后，就会有人带来石瓮装的荷兰杜松子酒，然后又会有人带来一罐栗子，然后还会有人带

---

① Peter Stuyvesant（1610—1672），最后一任新尼德兰（即 1614—1674，荷兰在北美洲设立的殖民地）总督。施托伊弗桑特 1647 年到任，任期直至英荷战争结束，荷兰被迫割让殖民地"新阿姆斯特丹"给英国。1664 年，"新阿姆斯特丹"被英国人更名为"纽约"，即"新约克郡"。

来口琴，然后跑东跑西的拉菲尔就会带来热腾腾的水壶，将热水灌满我们那些日子里从自家带出来的大水杯。

我说"我们"，因为那时候我就快出世了。

我母亲怀着身孕，渴望一些离奇的物事：她想吃钻石，一颗一颗地吃。除了相当富有的人，这种奢侈的美食欲望对任何人来说都几乎只能算是幻梦，爸爸连一个古根海姆百吉饼都买不起。我们家不富裕，爸爸的很多朋友也不富裕，但其中有些人是钻石商人，极其低调、秘而不宣地在运河街和包厘街那些拥挤的破房子里买进卖出。

有天晚上，我六个月大，尚未出世，在妈妈的肚子里手舞足蹈时听到爸爸那些做生意的朋友的言语声，他们正在我们家低矮但暖和的厨房里轻声交谈。妈妈根本不该在场，但她根本不把他那些正统犹太教友放在眼里，毫不介意在厨房里砰砰砰砰，时而公然表示敌意，时而奉上堆得像帝国大厦那么高的酸奶薄饼。她高兴怎么做就怎么做，没人敢指责她，因为是她冒了生命危险救了爸爸的命，他们称她为"喇合"①。

那些男人从大衣、外套、衬衫、背心、皮肤、骨头的深处掏出毛毡小袋，摊开里面晶晶亮的东西。那不是他们和爸爸正在讨论的自身价值，而是能力，刺激灵魂的深层生命力。对犹太人来说，宝石拥有超越世俗价值的意义。大祭司胸甲上的十二颗宝石是能量的象征，而

---

① Rahab，拉哈伯，原始的混沌之海的支配者，主管"骄傲"的天使，地狱七君之一，希伯来语中"广大，骄傲"的意思，也可作为女子名，写作"喇合"。《旧约》中记载：耶利哥有一名妓女，名叫喇合，因敬畏上帝耶和华，救了以色列的两个探子，使他们安全返回约旦河东岸，报告了耶利哥城的情况，使以色列人在约书亚的带领下，成功地占领了耶利哥城。为此，以色列人攻入城时保留了喇合的家族。

非炫富。宝石是活的。

妈妈一如往常站在铝制的煎锅前，她转过身来，看到了钻石。我看到它们发出的光芒，也尽可能地凑过去，哪怕在当时囚禁我的宫殿里我顶多只能挤到宫膜边。光芒穿透妈妈的肚皮，流入我的心脾。

她向前迈出一步，用拇指和食指拾起一颗钻石，吞进肚里。

接着，她又吞了一颗，继而又是一颗，一次自发的强迫进食，贪食无价的肉酱[①]；光芒润泽了妈妈的食道。

爸爸的族人洞悉逆境，极富耐性。他们曾在巴比伦的洪水边痛哭。他们曾经走过红海。他们曾带着骆驼和妻妾坐在沙漠里。他们曾在荒野里流浪了四十年。他们曾和他们的上帝做交易。然而，就连受尽折磨的约伯也没有让一个怀孕的女人吃掉自己的财产。关于接下去怎么办，需要好好商议一番。

爸爸的族人极富耐性。他们一致同意，让爸爸锁上楼梯平台上我家独用的厕所门，并说服我妈妈用马桶。

厨房里开始执行二十四小时轮班制，不值班的某个男人负责去买医用手套。

妈妈没有异议。她只想吃钻石，并不想消化钻石。没有人想到我。

在轻盈的羊水中翻滚的我，并不认为自己被切割成多面的光芒所迷惑。

---

① 原文为法语。

最后终于解决了，帽子脱掉，袖子撸高，胡须上挂着汗滴，游历了不少地方的钻石再次晶晶亮地出现在杀菌消毒过的毛毡布上。

"a'dank! mazel tov! bo'ruch ha'bo! Schnapps!"

"什么？少了一颗？哎呀哎呀哎呀！真糟糕！怎么办？"

蓖麻油。灌肠剂。甘油栓剂。盐水灌肠。卷心菜汤。赶紧的，卷心菜汤！

没用。完全没用。我抓住了它，或是它抓住了我。一夜祈祷之后，长老们在梦中得到了这个答案。"分娩时我们会到场。"他们是在妈妈肚子的高度，直接说给我听的：我是巧取豪夺、偷运钻石的婴儿。

*

夜里，妈妈睡着后，灯熄了，天黑了，爸爸裹着披巾站在她身旁，内疚地掀起她的睡裙。他从没见过她的裸体，没见过她温柔的欲求，在她这张地图上，他只是略有游历。

他伸出手，但他很害怕。她的肚子在发光。

雪依然在下。仿佛所有枕套里的羽毛全部飘落，所有羽绒被里的绒毛全部飘落。大雪如席，覆盖河面；大雪如被，覆盖公园。这座城变成盖满雪色亚麻布的大套房。雪上叠雪，也覆盖了罗塞蒂的小餐馆。**意大利餐馆，美食更美味**。罗塞蒂餐馆里的小男孩会分发黑橄榄。分娩那天，我们都以为妈妈要去那儿吃饭。那些橄榄吃起来就像黑玉。

正是轮班监视待产的她的时候。值班的两位长老和爸爸共坐在厨房里，在索多玛城和俄摩拉城的问题上争论不休。妈妈才不会当盐柱，她走太平梯离开家时完全没有回望一眼。她穿着在维也纳穿过的毛领大衣和保暖的长靴。她感觉不错，挺高兴的，烦透了和老男人们共处一室，很想吃点口味浓烈、色彩明快的美食。去哪儿都行。

妈妈一边走，一边想起过去的好时光，那时她听的是施特劳斯，读的是尼采。她想起她遇到爸爸的那家咖啡馆，那儿的每个人都想侃侃而谈，等到发现外面发生了什么事后已经太迟了。

"阴影，征兆，奇迹。"爸爸这样说过，说的是这个世界。难道他现在不肯承认阴影也有足够多的实质内容？

还有……她的祖国，她的家人，她的过去似乎已经消失了，正如爸爸说过的那样轻而易举。什么是真实的呢？她手里拥有的是什么？她的父亲加入了纳粹组织，结果被吊死在自家肉铺的铁钩上。她没有母亲或兄弟们的消息，饱受战火摧残的祖国音信杳无。她现在是在流亡中。说到底，她已融入了爸爸的族群。到底过去了多少年，七年，八年，九年？这有什么关系呢？现在，除了这个长十二点五英里、宽两点五英里的小岛，没别处是真实的。

她以为她是朝灯光走去，但奔走的思绪已超越了脚步，她迷失了方向。被雪覆盖的城市是一座白色迷宫。她在哪儿？她是从克里斯托弗街走过来的，现在就在哈德孙河边。她看到了丘纳德航运公司大楼的大门。头等舱。二等舱。她可以听到铁锚咖啡馆里传出的粗声喧哗，水手们都去那儿；更远处，穿过海峡湾的一艘商船上亮着几盏雾灯。

弛缓的河水那边，向她浮掠而来的是星状的亮光，飞掷而来的宝石，后面还紧跟着一颗又一颗。是从船上投来的吗？她睁大眼睛，想把自己的视网膜即刻改装成一架望远镜，以便追踪那迅疾而过的闪光。小时候，她父亲带她去海边，在浪尖上打水漂玩。他曾说，每块小石子都飞向了另一个国度，最终会在海另一边的沙滩上停歇下来。她曾幻想，这些坚实又明亮的东西都是和她同等的灵魂。灵魂追赶着在它们之前的身体，远在大海另一边的破布里的身体，悲伤中的身体，草率的身体，不甘心的身体，死掉的身体，将灵魂抛之脑后的身体。

世界已崛起。很多人被抛在后头。

也许这是她的机会。她的灵魂会回归吗？她把手放在肚子上，感觉到了我。在刹那的震惊中，她突然意识到自己将要分娩了。现在多冷啊。多么黑暗啊。她又看了一眼未能解码的摩斯密光，昏倒在地。

是拉菲尔发现她的。

拉菲尔，耳朵和他的哈士奇一样灵敏，刚给铁锚咖啡馆送了些香烟。就在走出烟雾缭绕的灯光、迈进纯粹的黑暗中时，他突然听到有人在叫他……"拉菲尔！拉菲尔！"

"我在，上帝。"他说着，想起先知撒母耳的故事。

谁在叫他？我母亲已经失去知觉了。

他把雪橇车开到扶栏边，尽管他个子很小，还是抱起我妈妈，把她放在堆在雪橇车板上的麻布货袋上。我们出发了，拉菲尔紧张得近乎失控，不停地琢磨该拿这个陌生女人和她的孩子怎么办。他害怕医院。

沿着第五大道，驶过的豪宅里烛光通明，可堪为节省电力的英勇壮举。想当年，拉菲尔初到纽约时，常常站在范德比尔特夫人[1]位于五十一街街角的豪宅对面，惊叹于她家摆放在巨大书房窗前的四朵红玫瑰，每天都那么新鲜。现在，那儿已成了洛克菲勒中心的建筑工地。拉菲尔很崇尚进步，但也很怀念那些玫瑰。

不能去那儿。不能去那儿。达官贵人们不会让他们进屋的，他们只是雪橇车上身份存疑的一男一女。六条狗跑得越来越快，不用赶，它们自己带路，期望看到一个征兆或信号，一个可以停下来的地方。大街小巷，一个人都没有。

爸爸呢？

他开始呼唤。他的呼唤来自创世的时刻，他的呼唤来自亚伯拉罕的羊群，他的呼唤来自狡猾的雅各布。他呼唤出法老的梦，他手持摩西的权杖呼唤，他带着大卫王的狂喜、跟随先知们的声音呼唤。他聚起身体里的光芒去高呼，拉菲尔就听到了。"拉菲尔，拉菲尔！"再呼，"拉菲尔，拉菲尔！"

狗在雪地上慢慢滑步，停下来，转过身，臣服于那高于 30 兆赫兹的音频，继而飞速向前跑。

伊曼纽尔会堂。爸爸站在台阶上。当雪橇车拐出弧线，停在门口时，

---

[1] Vanderbilt，纽约最著名的亿万富豪家族，起源于荷兰。

后面传出了一记哭喊声。

我出生了。

一命换一命，她救过他，现在他救了我们。妈妈从不相信这种讲法，当然不信。裹着披巾，揣着经匣、宝石、古书的爸爸，念念有词的爸爸，多年不曾安眠的爸爸，竟然可以穿越世事，并改变事态，那可不是科学，也不是常识。她感激的是运气和拉菲尔。只有那么一次，她看向爸爸的模样好像她可能、或许能够相信他。他说："我可以找到你，因为你是放光的。那天晚上，从你身体里发出来的光芒非常强烈。"

她想起星状的亮光朝着自己飞旋而来，她不是还幻想过那是她自己的灵魂吗？

她看着他，不管她是否相信他，一笔债就在那个瞬间还清了。他们解救了彼此。那就是他们婚姻的终结点，尽管我们之后依然生活在同一个屋檐下，我们三个人，一直住到1959年，我十二岁那年。

不管她是否相信他，她是用她看到的星光给我取名的。我叫斯黛拉，拉丁文中的"星星"。爸爸给我取的名字是：莎拉，那是亚伯拉罕的妻子在九十三岁诞下之女的名字。爸爸说："有上帝在，没什么不可能。"

你应该很想知道钻石的下落。

我出生的消息传开后，运河街上的每一位钻石珠宝商都来探望过我。胎盘被彻底检查过，之后就被妈妈吃了，因为在巴伐利亚，她的祖先们都是这样做的。她就是用那些铝制煎锅，配洋葱一起油煎的。那只锅，爸爸好歹是不再用了。

有个医生来过，还有掌管时代广场灯光系统的那个男人。曾几何时，在霓虹灯出现之前，时代广场用的都是白炽灯，杜克随身带来的就是那些白炽灯管。

医生把我的姿势调整好，钻石珠宝商们围在我身边。罗塞蒂夫人，也就是妈妈最喜欢的餐馆的老板，带了些鱿鱼干和硬皮面包分发给大家。这就是场派对，露天市集，一次神迹，史上第一次预检。

杜克接通电源，灯管亮得恍如创世的时刻，我被提起来，在系带里扭来扭去，我的皮肤白得透明，就像裹在新生骨骼外的披巾。

那颗钻石就在我的脊柱最底部，骶骼关节那儿。

哎呀呀，怎么办？

怎么办？

医生说，要想取出钻石，我就会成跛子。就算我生来就不是个犹太姑娘，他们当中也没人想那样做。

爸爸耸了耸肩："好吧，好吧，我们好好谈谈。"

男人们坐下来谈生意，终于谈定了一个办法：为损失那颗钻石的商人做一次慈善募捐，这样一来，它的合法所有者至少不会太丢脸。这样算是解决之道吗？

是，也不是。

甚至到现在，那个商人的儿子仍会跟踪我，无论我到哪儿都跟着，就等着收复他家财产的那个时刻。等我死了，我要被送进犹太人的太平间，用手术的办法取出我与生俱来的东西。

我在遗嘱中已写明：把钻石留给格林内特家族。

"这算哪门子典故？"乔瓦问道。

宝剑十

TEN OF SWORDS

1940 年 8 月 14 日。意大利，罗马。太阳处于狮子座。

乔瓦，本名乔万尼·巴普蒂斯塔·罗塞蒂。山羊般坚韧的父母 1942 年移民到纽约，养育出乔瓦这样的狮虎之子。

本是农妇的罗塞蒂夫人把自己改造为"意大利面食界的明星"之一。1942 年，她把自己微薄的积蓄全部投入一家意式熟食店，把生意做了起来，打造出一家强势出口、有特许经营权的餐馆。精明的罗塞蒂夫人一举成功，靠的不仅仅是橄榄油和硬质小麦。说真的，她其实是一位隐身后厨的心理学家。

罗塞蒂夫人早就明白了一点，那些说着美式英语的顾客只肯学两个意大利单词："意大利面"和"多少钱"。面对一份外语菜单，他们得靠数字来点菜。"我要十八号。"为了帮他们省却更多麻烦，罗塞蒂夫人索性免除了所有文字体系。她的菜单上只有一溜儿号码，代表不同的餐点，旁边还有一串数字，用美元、里拉和英镑标明价钱，这是为了确保那些精打细算、但只懂一种语言的顾客能在此获得逼真的异域体验。罗塞蒂夫人的店看上去是如此温馨、如此诚实、如此正宗，难怪英国人和美国人在前门外排起了长队，但他们没有意识到，意大利人和爱尔兰人都绕到后门，喊一句"**美女妈妈好**"就进了店，还能挑他们喜欢的桌子坐。

十八号，菜单上最受欢迎的餐点，是用秘方配制的香蒜香草汉堡。虽然这是菜单上唯一一种汉堡，排在前门的顾客们却好像都能出于本能地一眼瞄准它。"我要十八号。"就算他们没说这句话，妈妈也会给他们上一份……

"Diciotto^①……"

很快，排在前门的顾客们开始坚信 Diciotto 就是意大利语中的"汉堡"，罗塞蒂夫人也拿到了在全美境内售卖 Diciotto 汉堡的特许经营权。在那些店里，谁都可以买到十八号和薯条，外加热烘烘的意大利面配芝麻小面包。

当然，进入 60 年代后，美国再次放眼四海，每个人都说起了意大利语，多多少少掩盖了罗塞蒂夫人的名声。但到那时候，谁还在乎这事？罗塞蒂夫人，胖胖的美食界明星，在她所有餐厅的统一菜单顶部加印了一条写在丝带上的广告语：**意大利餐馆，美食更美味**。

反正，这都是乔瓦告诉我的。

"爱丽丝，你想听我的人生故事？"他说，"聪明的小男孩对美国又爱又恨。爱是因为美国给了他一切，恨是因为美国给了他一切。任何一个地方的移民都有的矛盾心理。"

---

① 意大利语，意为 18。

他没完没了地说他要回意大利，但他从没回去过，那儿的一切都失落在他心中了：温暖又缓慢的日子，番茄成熟的香气，露台上的狗不停地叫，他父亲在乡下的葡萄园，那儿的驴子很会走陡峭的山路。

有时候，冷不丁想起那些回不去的地方，他就会失控，大喊大叫：这疯狂的进步、疯狂的生活，为什么他们领域中最优秀的头脑甘愿比旧时代的棉花田里买来的奴隶更卖力地工作？

他说："如果说我能主宰自己的人生，为什么我会觉得如此失控？"

乔瓦。他曾是最早批判标准模型的年轻物理学家之一。标准模型：粒子物理学界的一种复杂的物质理论，表面看来符合大部分实验数据的结果。乔瓦称之为"会飞的油毡布"：庞大，丑陋，有用，涵盖你想要涵盖的一切，但忽略了引力。标准模型的引人之处在于：承认了三种基本作用力——弱作用力、强作用力和电磁作用力——的对称性。但当这三种作用力被随意地纠缠在一起时就必然出现难题。

他的妻子，他的情妇，见了面。

整个70年代，乔瓦都在研究他的大统一理论（Grand Unified Theories，简称GUTs），试图找到一种能把强作用力、弱作用力和电磁作用力量子整合在一套能让所有人满意的对称理论中，既能涵盖引力，又能颠覆标准模型"无论如何都要绑定在一起"的那套方式。

GUTs的初衷是完全正确的：想认证三种自然界基本作用力的真实关系。如今，即将迈入21世纪之际，我们已前所未有地证实了：我们在宇宙中的位置，宇宙在我们之中的位置，都不是一成不变的，二者拥有活跃的关联。这不仅关乎某位科学家的信条。遗憾的是，我们的生活被割裂成诸多类别。物理学，数学，音乐，绘画，我的政治观，我对你的爱，我的工作，我的星尘肉身，驱动身体的精神，生物钟，永恒的时间，会滚动的东西，粗糙的东西，温柔的东西，会淹没的东西，解放的东西，呼吸的东西，移动的东西，会思考的大自然，人性以及宇宙，全都被模式化了。

对称。美。物理学家们在寻找美，这听上去或许令人惊奇，但事实上，他们别无选择。截至目前，但凡能被证明成立的答案最终都会是美学意义上的答案，无一例外，无论对哪个问题而言。

"问题越难，答案就越美。"乔瓦微笑着对我说，但对我的数学成绩他只会皱眉头。

后来，在床上，在我身体里，"精悍短小、井井有条的物理方程式，就和它们所解释的自然力一样美丽，同等地令人惊奇"。

在正确的时间出现在正确的地点，乔瓦在这一点上很有一套。对GUTs的热情消退时（实验失败，数据没法用），他就会转向超弦理论，让自己重新振奋起来。

根据超弦理论，任何粒子，只要被充分放大，就不能被视为固定的点状粒子，而是极小的、振动的弦。物质由这类振动所构成。如此说来，宇宙本身就是交响乐般的存在。

如果这样说有点奇特，那更奇特的是文艺复兴时期就流行一种想法：宇宙的形象就是一种乐器，琴弦振动出神圣的和弦。罗伯特·弗拉德所著的《两个世界的历史》（1617—1619）中就依据天体图，用一幅画解释了这个乐器是如何调音再奏出和弦的。或许可以证实"如其在上，如其在下"不只是炼金术士们爱用的奇绝箴言。遵循超弦理论，我们在宇宙中观察到的对称性，只是完美的十维空间中所能观察到的所有对称性的零头而已。

"乔瓦只肯研究超弦理论，因为那能让他想到意大利面。"罗塞蒂夫人如是说。

"妈妈！"乔瓦尖叫一声，忘了他已经是成年人了：杰出的、重要的、受人尊崇，而且都快秃顶的成年人。

妈妈老早以前就买好了波西塔诺的一栋别墅和罗马的一套公寓，连行李都打点好了。她希望乔瓦回去，再次成为意大利人。虽然乔瓦有过各种美梦——在阳光明媚的窗台上种满罗勒，诸如此类——但他骨子里还是个纽约人，纽约才是他的归宿。他和罗马老妈吵个不停，但他喜欢她给他起的昵称：众神之王。完全不信这种说法对他来说有点难，同样，他也很难完全忘记他的真名是乔万尼，他最喜欢的歌剧：莫扎特作于 1787 年的《唐璜》中的男主人公也叫这个名字。

他问："世界上最有名的诱惑者是谁？"

1. 罗萨里奥。最早出现在 1703 年的舞台剧中，喜欢勾引女性的男性形象。

2. 卡萨诺瓦。既是虚构的形象，也真有其人，出生于 1725 年。

对他来说，巧克力和贻贝都能催情，半个柠檬即可避孕（需正确插入）。

3. 唐璜（唐·乔万尼）。既是虚构的形象，也真有其人。没有人知道这个人物是否属实。但每个人都知道，这个终生剑出不归鞘、风流到死的家伙最终得了报应，罪孽把他拖进了地狱。

"只要她穿着衬裙，你就知道她会怎么做。"[①]

"只要她穿着衬裙，你就知道她会怎么做。"乔瓦在他的淋浴间歌剧包厢里唱道。

乔瓦（乔万尼），这个男人很想捍卫自己的两项荣耀：他位居第一，以及，他实力非凡。对他来说，一个情人就像核粒子加速器，是必需品。关于这一点，他讲过一个笑话。

情人和核粒子加速器有什么差别？

核粒子加速器只需花费你 120 亿美元。

核粒子加速器和情人有什么差别？

核粒子加速器知道什么时候该停止。

和别人的婚外情一样，我们的地下恋情是与世隔绝的。密封的潜艇，远离尘世，沸腾和冷却都遵照潜艇自身的规定。

我们期望什么？加热，再加热，让我们升到荒谬的高温？物质被加热就必将发生改变，这是可以被证实的。在我们的潜艇里加热，我

---

① 原文为意大利语。

们的水分子会开始分解，让我们退回成最基本的氧气和氢气。这会有助于我们看清楚自己的真相吗？

继续加热，我们的原子结构就会崩解。他和她再次还原成等离子体：宇宙中最常见的物质状态。这会让我们更紧密吗？

绝对温度达到十亿摄氏度，上下浮动忽略不计，他和她大概就能开始仿造中子星的内部结构，并在迅速增温中变成亚原子粒子。你是夸克，我是轻子。

如果我们还有胆量，把自己加热到千万亿摄氏度，爆裂、分解、撕裂和伤痛都将结束。到了这种温度，弱作用力和电磁作用力就将联为一体。再热一点点，弱电磁作用力和强作用力也会凑在一起，大统一对称就将出现。

最后呢？引力和大统一何时融合？听好了：一个弹鲁特琴，另一个弹竖琴。琴弦振动，完美均衡的宇宙就将在天体音乐中成形。爱人的人，以及被爱的人，循着声音进入彼此。

"我看到了一个崭新的天堂和一个崭新的地球。"

奶奶在给一个孩子读《圣经》，孩子连字都不识，却感觉到奇异而壮阔的暗示。

乔瓦和我走在佛蒙特州挥霍般飞旋不停的落叶之中。红色之下，橙色之下，口袋里有红色，头上有光环般的橙色，彼此象牙白的身体上有金色叶脉。

不可盲信的世界深陷于上帝之指 ① 降下的火光中。

秋天的对称过后，迎来萧瑟的对称。光秃秃的冬天来了，美得瘦骨嶙峋。他背上的骨节尖锐凸出，我的双手像两片大树叶落在他背上，轻轻地拍他。那一年的寒冷时节，我们在落叶上做爱。

陪我一起走。在时间的骨头里走，在亚当白色的弧形肋骨上走。白色，吸收最少、反射最多光线，一年终结时迷乱的光。

陪我一起走。走在记载于类星体、爆发于光芒中的，他身体的远古历史中。亲吻他，我亲吻了完整的他，以及，他的尘埃。抚摸他的坚实之处，我的手穿透过去，触摸到空无的宇宙。爱他，我爱他这个男人，这个身体；爱他，我爱星尘和光芒。

陪我一起走。走过光走过的将近 6,000,000,000,000 英里：历时一年的光之旅，闪耀的龙骨航行的距离。漫长的严冬，天空明净，尖锐的星星挑破了地球的边缘。叶落之后，星辰亦落，冬季抖落下太多的光线。走过亲眼所见，以及，看不见的；走过能被目力所及的，以及，不能被目力所及的。

傍晚风起，落叶如风暴，群鸟钻入逆风飞旋的叶间，我在消失的

① Yod 是希伯来文中的第十个字母，亦即上帝（YHVH）的第一个字母，也是代表有创造性的火元素的数字 10，但在塔罗牌体系中对应的数字是 9；在星象学中代表名为"上帝之指"的相位，即星星排列成等腰三角形。在喀巴拉思想中，复数形式 yods 代表神圣的第一道光，引领生物从最深层的黑暗水底爬升到陆地。

天光里辨不清也猜不到落叶将在何处停歇，鸟儿将在何处起飞。我试图明辨，但在决定性的瞬间里，谨慎分离的物体间的空间瞬间崩解，我也一样，违背自己的意愿团团打转，融入万物旋转的托钵僧之舞。难是难在：混沌无序中，我每每迈出扎实的一步，都是扎实地迈向……更无序的混乱。我抛出一段绳索为桥，把自己拖过崩裂处的鸿沟，蜷缩在另一边小小的岩石上，眼下是安全了，再看看四下的情形。什么情形？另一条鸿沟，另一段河流。

傍晚的风。我们应当是最轻飘的存在，我和他，彼此高升在沉重的生活之上。那是因为我们明白，地心引力永远是我们试图攻克的方程式中的一个元素，在我们相爱的气氛中，比光还轻。

那是一场极不稳定的实验，很快就落入我们原本打算抵抗的平凡生活的圈套。我们的元素转换实验就像之前的那些炼金术一样变得越来越难，被寻常生活的卑劣所拖累。谎言，秘密，沉默，流通货币般骗来骗去。

和大多数人谈及炼金术，他们都会说那是"把金属炼成金子"。然而，帕拉塞尔苏斯和炼金术士们真正的愿望是把他们自己炼成活生生的金子。没有蛀虫、不会腐朽的宝藏，十足纯粹的精神（元气）。

和五百年后的大多数人谈及理论物理学，他们肯定会说那意味着"炸弹和毁灭"。该如何精简又含糊地解释：我们看到的是一个崭新的天堂和崭新的地球？

愚钝注定会赢吗？活得与众不同，爱得与众不同，想得与众不同，或至少试图这样做。难道美是如此危险，所以生活里最好没有美（标准模型）？还是索性沉沦美的怀抱，以火灭火？不存在不冒险的新发现，你冒了多大的风险会揭示你的价值。在长崎和广岛的恐怖景象里潜藏着爱因斯坦 $E=MC^2$ 的美。

讷言慢语，温和斯文的男人。在他的精神海洋里，数字以什么形态分解再发生？

你呢？既然我已经发现了你？美丽，危险，放纵。但我试图抓紧你，明知道你的身体迎刃而立。

乔瓦开始留意我时，我像小狗那样满心高兴。真的就像随处可见的狗，我非常确定我的男人是世上最好的男人，有爱就足够了。

"出来散个步？"

汪。

"想吃晚餐吗？"

汪。

"坐在我腿上。"

汪。

我抵抗过，恰如所有被抛弃的流浪狗面对新家都会有点不情愿，至少别扭两天。甚至我嘴上说"不"的时候，我的心也会高喊"好"。

我父亲也这样。他对我的兴趣在两极间摇摆，要么热心关注，要么冷漠无视。几星期黏在一起，之后就会是几个月的远离。之后他又会来哄我，每一次我都铁了心要拒绝他。他知道的，他就等着，乔瓦也一样。

我以为是他把我变成了完整的人，我没把我们想成一个男人和他的狗。

乔瓦把我带在身边时，他拓宽了视野。身边有狗，你就能去你不能单独去的地方。在他身边，别人更喜欢接近我，羡慕我（真有面子。你在哪儿找到她的？）；在我身边的他年轻又性感（你会嫁给他吗？）。他对我说，他和妻子正在办离婚。如果我真能变成一条狗，那他永远都会是一匹黑马。

我要他解释，他就说："我需要时间。"

时间。

牛顿把时间形象地比作飞向目标的箭。爱因斯坦把时间理解为一条河，向前流动，有能量，有方向，但也会弯曲，扭曲，时常隐没，但非终结，而是流向了更广阔的海洋。一条河不能逆流而行，但可以绕圈环流；河中的暗流与漩涡有规律地分解河水前行的强大力量。河水的奔流特立独行，很有可能出现逆流横流，就在那一点意外的时间里，没有预警地，我们突然被带回一个地方：我们以为自己很久以前已流经此地。

任何经历过这种事的人都会遵守时间：时间会流逝，我们也必将前行。但紧接着我们就发现，时间既不是木筏，也不是救生圈。时间带来的前进的错觉自动沉没。过去跟随我们，就像拖网中的鱼。我们把网抛进河里，人与物，情感，时间里的住客，网没有留在往昔的岸边，而是依然游动在河中，近在咫尺之遥。

急流的一次反冲让我们打起旋，突然间就被网入我们亲手打造并抛下的网，毕生的积淀就在水面之下。那些传说是怎么说的？河底有一整座小镇？静水无波时就能看到失落的王国，清清楚楚让人目不转睛？众所周知，美人鱼会像鲑鱼一样逆流而上，在黑暗的大海中一闪而过。

看起来，没被意识到的物事不会放弃它的栖身之处。过去紧随我们，偶尔还会绑架当下，于是，我们为了安全和明智所依赖的特质就会一一消失，过去，现在，未来。这种情况发生时，我们就不再能确定我们是谁，或者说，我们不再能假装确定自己是谁。

如果时间是一条河，那我们都将随着水流，遇见死亡。

失踪，经推断已死亡。

某游艇从卡普里岛出航后下落不明，最后一次有人目睹该游艇是在 6 月 16 日星期日 18 时。该游艇处境危急，救援行动因强烈风暴而被迫滞后 24 小时，人们猜测该游艇可能正在海上漂流。

我们曾计划过一起出海度假，我和乔瓦。银光闪耀的海面上，共度与世隔绝、气味咸腥的三个星期。我想把自己和他孤立起来，在我们的危险世界里，只有我和他是确凿的，所谓世界别无他物，只是一片可供航游的大海。

在一条船上是没有出路的。我不想有出路。我已成了乔瓦的附属品。开始时是两个主权国家友好共处，结果却演变为入侵。他入侵了我，但有谁在争论边境线在哪里吗？共享变成了捕获，对此我几乎毫不在意。从理性上来说，我是被解放了；从感性上来说，我依然苟活在妻妾成群的后宫。我一直在等待我的王子驾到。

和乔瓦在一起，我找到了释怀的感觉，并且不加质疑，从我自身的负担中解脱出来。那是可以被证实成立的模式，容得下我的存在。现在，终于有一个地方，可以让我的缺口和棱角彼此吻合。我被整合了，并不尴尬地跻身于一个整体，非常醒目。伴侣关系所授权的隐身衣意味着我不再是爱丽丝，而是爱丽丝与乔瓦了。要应对的是我们两个人。邀请函上要写两个名字。

后来就有了三个名字。

他的妻子，他的情人，相遇了。

圣杯侍从

PAGE OF CUPS

我在阿冈昆酒店见到了斯黛拉。著名的阿冈昆酒店：多萝西·帕克①，詹姆斯·瑟伯②，《纽约客》，1957 年的我父亲。他曾在那儿住过，因为那儿看上去很有英国范儿，我小时候，他第一次带我去纽约时就是在阿冈昆酒店预订了客房。

他预订的是他以前住过的房间，甚至特意把他那阵子常戴的一条领带也收在行李箱里。红色绸缎上有白色波尔卡小圆点，他永远也不会说是谁送给他的。

"绝对不要把你的爱情故事广而告之。"

他和奶奶一样，用别人养鱼的办法保守秘密，把稀罕又离奇的东西藏在水底。那是一种嗜好，他为之心醉神迷。偶尔，会有些东西浮到水面上，出人意料，无法解释。

妈妈问："为什么你不告诉我？"

爸爸答："没什么要说的。"

我是我父亲的女儿。

她和我将从城里完全相反的两头前往这个地点。我想象她的样子：愤怒，自信，准备好了迎战，在我的游戏里击败我。这是一场恶斗，

---

① Dorothy Parker（1893—1967），美国著名作家、批评家。最早为《服饰与美容》杂志配图片说明，后又为《名利场》撰写戏剧评论。1925 年，她成为美国影响力最大的知识分子杂志《纽约客》的第一批作者之一，专门负责文学评论，并在 1933 年开设名为"恒久阅读者"的个人专栏。

② James Thurber（1894—1961），美国著名作家、漫画家、编剧。1927 加入著名杂志《纽约客》编辑部，成为其中最年轻有为的编辑之一。他和一群文学青年（包括多萝西·帕克）每天都固定在阿冈昆酒店聚会，《纽约客》杂志就是因此在 1925 年创刊的。

奖品就是乔瓦。当我告诉他她给我写信的时候，他就决定那个周末去探望朋友。

我把她的信揣在口袋里。笔迹很谨慎，内容是需遵守的指示："我将于12日星期三下午6：30在阿冈昆酒店的酒吧与您见面。"

她为什么选择这里？

到了。

离预定时间还有五分钟，时间太残忍。

我穿得像个斗士：从内衣到鞋垫全部是黑色，头发披着，耳朵上套着粗粗的金耳环，盛装配浓妆。我比对手年轻二十岁，我打算一周一月地用尽这二十年的优势。

她应该鬓发灰白，长满皱纹，很胖，穿衣打扮肯定不讲究。她会用袜子配凉鞋，表示自己很有诗意，也肯定戴眼镜，喜欢去博物馆看展览。我猜得出她那副模样：头发蓬乱，痴肥无力，空有满怀梦想。我会让她一败涂地。

没看到她。酒吧里零零散散有几对手握马丁尼鸡尾酒杯的客人，侍应生高高托举银色托盘。我像黑马斜穿棋盘，除个别颇有眼光的商人之外，好像没有人对我多看几眼。

她当然没来。她显然是不会来的。这是一场心理战，我已经赢了。我注意到自己的脖颈疼得厉害。我点了一杯酒，瘫坐在盆栽棕榈树叶下。

"我可以坐在这儿吗？"

"请坐。你肯定是英国人。"

"为什么这么说？"

"太有礼貌了，不像美国人。"

"美国人都很无礼吗？"

"你付钱了他们才会对你彬彬有礼。"

"不管你付英国人多少钱，他们都很无礼。"

"那你和我都必定是难民。"

"我觉得我是。我父亲以前会来这里。他很喜欢纽约。他说，全世界只有这里能让一个人改头换面、出人头地时依然做自己。"

"他办到了吗？"

"什么？"

"出人头地。"

"是的。他办到了。"

我们安静下来，她一直在朝门外看。我在看她。她很苗条，精神抖擞，身形神态都像猎犬。现在，她身子微微前倾，后背肌肉的线条隔着衬衫尽显无遗，白色的衬衫硬挺有型，价格不菲。她的左臂闪着珠宝的亮光，俨如蒂凡尼的橱窗。我不太确定：戴这么多银饰的女人怎么能坐得这样笔挺呢？

她的头发是深红色的，山茱萸的那种红，皮革的那种红，而且很柔软，显然是天生和后天养护的共同结果。我猜想，她是精心装扮过的，但又浑然天成。

"你在等人吗？"我问。

"刚才是。"她看了看腕表，"你住在这儿吗？"

"不。我就住在纽约。我在高级研究所工作。我来这儿是为了见……"

为了见人，为了面对面地正视，为了知根知底地了解，为了聆听介绍，为了寻找，为了体验，为了接受，为了等待到来，为了相遇，为了相遇在矛盾中。

"我来这儿是为了见……"

酒吧里狂风骤起，掀翻酒客们手中的酒杯，吹翻吧台里的酒瓶，酒瓶像瓶盖一样翻滚，桌椅也被吹到半空，撞上恍惚的墙壁后断然粉碎。侍应生和侍酒师被卷在地毯里，再被刮出门外。屋子里什么都没剩，只有她和我，她和我催眠了彼此，因为那风，双双无法言语。

她收拾好自己的东西，我们一起离开了那间被摧毁的酒吧。我不得不跟随她，因为她仿佛脚底生风，走出七弯八拐的路。我已搞不清我们身在何处。方向感失灵。这座城变成一条曲里拐弯的深巷，她比我更像是老练的老鼠，熟门熟路。

终于，我们来到破败老城区里的一家小餐馆。她飞也似的进了门，我们在一张威风凛凛的餐桌边坐下，桌上铺着格子布，小花瓶里插着两枝康乃馨，还有几根格里西尼面包棒。有个男孩拿来一瓶红酒和一碗橄榄。他把菜单递给我们，那样子好像在说，这只不过是平常日子里再平常不过的一顿晚餐。我已落入波吉亚家族的手里，现在他们想要我吃饭。

我看了看菜单。**意大利餐馆，美食更美味。**

"我就是在这里认识他的，"她说，"在 1947 年我出生那天……"

*

小男孩睡着了，梦里出现一辆堆满毛皮的雪橇，后头还跟着一群黑黢黢的狂野男人，他们挤在一起，匆匆前行，用一种他听不懂的语言交谈着。他听到狗吠声和哭喊声，还听到脚下被引入冰冻的管道中的水不情不愿地流入间歇泉。他醒过来，跑下楼梯。所有桌椅都推到墙边了，面向街道的双开门敞开着。透过微微发蓝的寒气，在暖橙色的街灯下，有六匹狼拖着一辆雪橇。最前面的两匹狼在他身前两英寸的地方停下来，它们的个头抵到他的前胸。有匹狼用火腿片般深紫色的舌头舔了舔他的脸蛋，他恐怕是要被吃掉了。

"妈妈！妈妈！妈妈！狼要吃掉我！"

"我来了，罗慕路斯。"[1]罗塞蒂夫人应声答道，然后，小男孩趴在咧着笑嘴的大狗身上，听妈妈讲述罗慕路斯和勒莫斯的故事：被抛弃的孪生子被母狼救下，他们吮吸狼奶长大，最终建成了伟大的古罗马城。

长老们也不甘示弱，立刻说起了希伯来的英雄传说，还有帮助英雄的动物们：亚伯拉罕的公羊，巴兰的驴子，雅各的狮子，参孙的蜜蜂，约伯的各种牲口，包括在号角声中呵哈嘶鸣、高高跃起的马。

---

[1] 原文为意大利语。

"还有我们的救世主本人。"罗塞蒂夫人补充了一句，迎候她的却是比外面寒冬更冰冷的一众冷眼。

但这个夜晚不适合争执，享用了玉米粥和樱桃酒之后，大家一致同意：可以把耶稣纳入这个行列，因为他是犹太人，而且曾在出生那晚得到了驴子、绵羊和狗的帮助。

那个小男孩从没见过像狼的舌头那样的浅粉色的婴儿。

*

她讲这个故事时，完全忘记了我的存在。我是身为对手出场的，然后变成了观众，现在好像仅仅是一束追光灯。舞台是她的，要说她在为谁表演，那也只有她自己。

她是个非常棒的表演者：在意第绪语、意大利语和德语中转换穿插，模仿别人的口音和手势，一会儿活灵活现地演出一群拍手叫好的犹太长老，一会儿生动地演出吓坏了的小男孩。我不得不放弃自己置身事外的超然，以及我的怨怒。当她模仿在号角声中呵哈嘶鸣的马时，我好像又回到了每周一次去奶奶家的岁月，又看到了滑稽的拖鞋，长得离谱的围裙，裙子的口袋里装满了 Polo 牌薄荷糖，还有一本卷了角的《圣经》。

也许，正是因为我们对会面一事严阵以待，结果物极必反，过于严肃的情绪反而让我俩爆发出大笑，轻松下来，因为我们都在彼此魔鬼的面具下发现了人类的面孔。魔鬼般的妻子，魔鬼般的情人，那么，那个魔鬼般的男人呢?

"即便在那么小的年纪,他就懂得花言巧语。"斯黛拉说,"他知道他妈妈的软肋在于无法抵抗黑头发黑眼睛,所以就极尽谄媚之词,那时他才七岁。"

"可是,乔瓦比你小。"

"他是这么跟你说的吗?"

"你出生于 1940 年,他出生于 1947 年。"

"反了。"

她接着告诉我,她和她母亲每周都来这里吃一餐,每周六,吃了整整十一年。只能是周六,犹太人的安息日,爸爸的沉迷日,妈妈的违抗日。她的女儿不是犹太人,犹太属性要靠母女相传,妈妈不肯让自己的女儿投靠到爸爸沉迷的激情里。

妈妈和女儿不信犹太教,不与他为伍。爸爸只能趁妈妈不注意的时候叫来女儿,带她走进他的神圣密室,向她展示喀巴拉的秘符和珍贵的宝石。她能凭借孩子的直觉,在水火不容的父母之间游刃有余,学会保守秘密,不把他们攻击指摘对方的言辞讲给另一方听。学会掩藏爱。

她十一岁那年,爸爸死了。妈妈穿黑色小西装,女儿穿黑色保暖外套,三个月内就搭船前往汉堡,在柏林重新安家。书店和旧书都卖掉了,密室空了。

她讲述的时候,我在想,乔瓦为什么会想要我。我扮成杀手的模样出场，却是被杀死的那个人。我的自尊是我无法拼凑完整的一幅拼图。我得到一小块，剩下的仍乱无头绪。我开始怀疑，大概根本没有所谓画面，只是一堆碎片。别人好像无论如何都能拼凑完整，完全不担心自己用的是好几个拼图盒的碎片。答案到底是什么？身份是一场骗局吗？是权宜之计吗？我们应该匆匆忙忙地拼出一幅画面吗？不管画面如何，只要拼得出来就好吗？如果可能找到的话，会有一种连贯性，或许就是一种美？我很想说服自己，但做不到。最好的莫过于：拼图有时候会假装自己是一幅有意义的画面，而我也不再关心最终出现的画面是什么。换句话说，我不会被出乎意料的状况吓到。如果呈现出的是美好，我将会惊喜。万事万物无法预估。我说过了，我怀疑根本没有所谓画面。我大概应该这样说：不管最终呈现出什么画面，肯定不会是拼图盒上印着的、所谓标准答案的那个画面。

     我：我很抱歉。

     她：这种事不是第一次。

     我：我知道。

     她：他们总是这样。

     我：我以为我是命定的那一个。

     她：她们总是这样想。

     我：你可以离开他。

     她：留给你？

     我：留给他自己。

她：说着容易。

我：又不用你说。

她：他老是说词语，词语。

我：用数字就更保险。

她：就连你头上有几根头发都数得清。

我：我是几号？

她：五。

我：很幸运。

她：据说能避开邪恶之眼。

我：我以为那是你。

她：戴小圆眼镜？

我：袜子配凉鞋。

她：胖子，醉醺醺的。

我：不谙世事。

她：把你的手给我。

我：干吗？

她：我来看看你的手相。

我：你看到什么了？

她：美和恐惧。

我：你根本没在看。

她：以前我也这么说过我爸爸。

我：他怎么说？

她：你看到的，并非你以为你看到的。

我：听起来很科学。

她：难道不是科学家说了算吗？

我：我不会依赖科学家的话……

她：如果我是你呢？

我：这不是警告。

她：威胁？

我：我看上去像一种威胁吗？

她：你看上去完完全全和前四次威胁一模一样。

我：你打算怎么办？

她：你想让我怎么办？

*

这也是乔瓦几个月前说过的话，当时他正隔着餐馆里的餐桌紧紧抓牢我的手腕。她依然抓着我的手掌，而我做了一件自己绝对想象不到的事。

我隔着狭窄的餐桌，亲吻了她。

她：女人也行？

我：不。

胆怯总是假借自大的荫庇。我很害怕，想装模作样，假装什么事也没发生。这个吻像烟幕弹，引发了困惑，分散了注意力。我心想，她大概会给我一个耳光。我心想，她可能会夺路而逃，但她其实无动于衷，问她问题她也没有回答。我开始吃自己那盘已经冷掉的意大利面，我倒是宁愿钻进盘子里，把头埋到蛤蜊白酱下面去。

　　我：我在研究反夸克。

　　她：……

　　我：就是正夸克的反粒子。

　　她：……

　　我：至今还没有找到反夸克。

　　她：……

　　（说点什么啊，求求你说点什么。）

　　我：你知道吗？我出生在默西河上的一条拖轮上。

　　她：……

　　我：我父亲本想给我起名叫"默西"，但我母亲不允许。我本名叫爱黎维亚（Alluvia），意思是沙洲。是我自己改为爱丽丝（Alice）的。

　　她：沙洲？

　　我：河水冲出来的沙洲。

　　她：我能叫你摩西吗？

　　我：除非我长出大胡子。

　　她：乔瓦叫你小河（Rivelleto）。

我：小河？

她：我叫他杂碎（Mamzer）。

我：杂碎？

她：意第绪语。参照同义词——混蛋。

我：我知道。

她：得了吧。

陪我一起走。走过瓦解的过去，无论命名与否。走过左右两边都乱哄哄的有裂纹的木栈道，走过业已发现的以及不可能被发现的。走过我们双双感受到的，让人不自在的和平。

陪我一起走。走进夜色，夜晚的空气，别的生物呼吸的粒子。吸入，呼出，平稳下来，不用太急促地鼓动肺叶。我没有用词语毒害你，我不是这个意思。

陪我一起走。缓一缓，把悲伤和恐惧带来的过量的脂肪消耗掉。心要背负的重量太沉了。走得轻松自如些。

她的步子很大，尽管我比她高。很快，我们就走到了巴特利公园。

圣杯侍从。①年轻人紧张地往精美的杯子里看，外人看不到杯子里有什么。也许什么都没有。然而他还是紧紧抓住那只杯子，一边走一

————————————————————

① 原文为法语。

边抓在手里。

圣杯侍从。塔罗牌里代表朝气、希望的牌。代表我的身份的牌。

我记得，斯黛拉吻我的时候，我在想"这是不可以的"。庆幸的是天很黑，还有雾，我知道，万一有人看到我们并加以揣测，我们的人生——复杂的状况、历史、国籍、学术界、年龄、业绩、地位——就会整个萎缩起来，缩成他们揣测的模样。任何人看到我们都会说，"这是一对……"而这个试探性的吻，欲拒还迎，就将变成锁与钥匙。

我在别人身上见过这种事，我不想让这种事发生在自己身上。

与此同时，我意识到这是何等荒谬：在一个吻上贴上标签。

与此同时，我也意识到：如果不是那么复杂，我真想要更多这样的吻。

太复杂了。我第一次动真感情是对一个已婚男人，我第一次产生发自内心的渴望是对一个已婚女人。

你明白吗？我真的很想吻她。让我最最惊讶的是这一点。

"我明白他为什么喜欢你了。"斯黛拉说，手指游走在我的颈项。

"所以你才这么做吗？"

"我不知道自己在做什么。"

对此我保留不同意见。

她带我回家，没有打开任何一盏灯，脱掉衣服，让我躺在她身边，那张床感觉特别窄。我想抚摸她。女人和女人镜像成双，这很有诱惑力。用一种对我来说是禁忌的方式观赏她，这让我乐在其中，这个我映照那个我，我既是欲念的发生者，又是欲念的接受者，坦率地说，我像个不速之客，贸然发现了这一点。渴望着她的我，也感受到了自己的吸引力。那是强有力的行为，但不是为了镇压。我要征服的是我自己。

她的胸部就像我的胸部，她的嘴唇就像我的嘴唇，这比那喀索斯被自己的水中倒影迷住更复杂。每个人都知道，那喀索斯撩拨静水后发生了什么事，但我撩拨了水面，打破了完美的镜像。你看，我本可以安静地躺在她身边，也许直到永远，感觉就像是永远，身体和叹息在镜像中浑然一体，不分你我，她在我之中，我在她之中，不再被另一个遮蔽我的身影搞得精疲力竭。我没有预想到会有如此强烈的肉体欢愉。

那么，我为什么要撩拨那水面？

我爱上的不是自己，而是她。

水深之处不再清澈。数字会组成什么样的形态？一加一不一定等于二。我做了加法，最初跳出来的答案是三。三对组合：乔瓦和斯黛拉，乔瓦和爱丽丝，爱丽丝和斯黛拉，每个人的水面下都会露出另一个人的脑袋。

我想去感受，但感受会带来痛苦。我可以劝自己不要把事态复杂化，我也不愿假装自己在任何关系中都别无选择。我已经注意到了，似乎在选定之前就已做出选择了。在坚定的意愿和注定发生的事件之间有时间差，那似乎就是最好用的借口，用以否定因果。在四维空间中，预测和反响之间总有一段间隔（同步现象存在于更高维度空间，无法应用四维空间法则），有时间隔数秒，有时间隔数年，但相比于思考，我们更喜欢未雨绸缪。我不是说我们有意识这么做，通常都不是，而且很有难度。我见过我父亲奋力推动世界前进，但对于什么东西在推动着他，他完全没有概念。他不相信潜意识那一套，觉得那无非是聊以慰藉的空想、半真半假的回忆，让他的睡梦更有趣罢了。我刚才强调的是，心灵是一种自我调节系统，意识和无意识如同负载均衡的滑轮共同运作，心灵唤起的愤怒足以让我认识到我已切中要害。我继续读我的书：帕拉塞尔苏斯，荣格，爱因斯坦，弗洛伊德，卡普拉，虽然我依然一无所知，但已不再是命运的信徒。

命运。幸运之轮转动，让我滚到了乔瓦脚边。又一轮晕眩的转动后，斯黛拉现身，等着把我救出苦海。但到底谁在转动那轮？指天发誓，我的双手都被绑在身后。

我父亲曾说我像八爪鱼。"你就非得同时做八件事吗？"我幻想过那样一只章鱼：盖着兜帽，来自远古时代，漂浮在我体内轻柔的水中，向四周探伸，黑乎乎的，什么都看不见，只能用触手摸索挺立在它身外的东西。这样的类比可能不得要领，但我确实可以像只八爪头足类生物那样，强辩自己与此事无关。

我穿着白色的外套，头发全部扎在脑后，对我称之为人生的东西保持恰到好处的态度。我会加以检视，但在深处的暗物质会翻涌。我是什么，如果我面对面正视这"什么"，会发生怎样的情形？我想眼下这种情形正在发生，但因为我认不出自己，我就说那是别人；他，她，他们，反正是要负责的那些人。为我的恐慌负责。这屋里的每一件家具都被毁了。

我在那间令人不知所措的公寓里醒来。被腰斩的床上，我的身边，是她有序而美丽的身体。床头桌上是一盏被截肢的台灯，房间的另一头有一面冰雪女王的镜子，碎片散布着绝望。我钻出被剪断的毯子，走进浴室。纯白色配铬色，俨如祭拜香奈儿的圣殿。这地方应有尽有，每一样东西都各就其位。和平。

我闻了闻几只瓶子。原来这就是让人想一亲芳泽的肌肤的秘密，珍珠和海贝的咸味。柠檬、盐水、海藻、檀香、麝香、苦岩玫瑰、乳香和没药。这里没有高八度音般的浓重花香。我很欣赏女高音歌手，但不欣赏说话也像女高音的人。高音就像高跟鞋，都是花腔伪饰。可惜，夜里踢走的只有鞋子。

这话是我说的吗？不，是她。有时候，我觉得我的性格就像补给舰所在的环礁岛，入侵我吧。

照实讲述。

沙洲：冲积层，河流的流水将岩屑搬运、沉积在河床较平缓地带所形成的沉积物。

我们用仅存的煎锅做了早餐，站着吃，一边眺望窗外的公园。

"和爸爸在一起的每一天，"她说，"都要穿过公园，走到阿姆斯特丹大道。每次从这扇窗口往外看，我都好像在回顾过去。这就是你们物理学家所谈论的虫洞之一，此刻与彼时之间的一层膜，能量隧道。我在这个窗口工作，就像长发公主拉动长发一样，把过去拉到眼前。"

我本想说，虫洞只是理论上的一种可能，但斯黛拉没有在听。

"你认为我是怎么得到杰克逊·波洛克①的？"

（她是在说挂在粗糙的木画框里、甩下了浓烈颜料的那幅大油画吗？）

我说："说吧。"

纽约市，中央公园。爸爸每天早上都往一个方向走，佩吉·古根海姆小姐每天早上都开车往另一个方向走。爸爸是个很英俊的男人，见到淑女都会脱帽致敬；她是个富有而精明的女人，艺术家们的赞助商，她既是财富的收藏者，也是财富的挥霍者。

大概就像那些爱上电影明星的人，爸爸也可能爱上了她，他喜欢和扫马路的、捡垃圾的人谈起她，那些人什么都知道，因为他们的工作和人们扔掉的垃圾紧密相关。

梅西就是那些人之一，瘦得像铁锹，佝得像锄头，梅西收藏当代艺术品。也就是说，干完一天的活后，他就去华盛顿广场，好多艺术家的工作室都在那一区域，所以会有些零活要人干，酬劳不过是一幅小画或一点颜料。总有水管要修，屋顶要补，所以梅西就成了那儿的熟客，他总是一手提着工具箱，一手提着画夹包。就是他带爸爸去杰

---

① Jackson Pollock（1912—1956），美国著名抽象画家。

克逊·波洛克那儿的。

"好多罐呢。"梅西轻轻说道，波洛克正把颜料泼在钉在地板上的油画布上，再躺倒在画布上，从这头滚到那头。爸爸想起了在上帝面前迷狂起舞的大卫王。

"他的画贵吗？"

"才不贵呢。"梅西说，"只要付他颜料钱就好。"

1947 年，我刚出生的那一年，出生于怀俄明州的鬼才波洛克在纽约举办了"行动绘画"画展。爸爸带我去看了开幕展，我的眼睛不能对焦也不要紧。他穿着黑色长大衣，戴礼帽，把我举过头顶，我的小脑袋在人群之上，小小的身体悬在半空。我们在过于炽烈的光线中过了一个安息日。1956 年，波洛克死于车祸时已相当出名。

妈妈想让爸爸卖了这幅画，画一直是卷起来的，从没上过框，但他不肯，还把画放在她拿不到的地方。等我 1970 年回到纽约时，这幅画和其余的遗物放在一起，都收在他那间晦暗的阁楼书房里，全部留给了我。我和妈妈一起把画摊开，连尘埃都在放光。

"你知道，这幅画没有投保，我付不出保险费。"她笑了，"乔瓦不肯让我挂起这幅画，直到他发现它值多少钱，但等他发现它值多少钱了，又说我们没法正大光明地挂起来。"

乔瓦。悬在我们中间的名字。

她：你爱上他了吗？

我：爱，也不爱。我爱吗？

她：我可不是你妈，但他的年纪够当你爸了。

我：我以为你和他做出了某种安排。

她：我们是有安排。他安排好，然后过一阵子再告诉我。

我：我不太懂。

她：你不了解他。

我：不了解吗？

她：男人不只是阴茎，比那要多一点。虽然不太多，但好歹有一点。

我：我遗漏了那一点吗？

她：我和他结婚已经有二十四年了。

我：那一定是很重要的一点。

她：那是我应得的。

我：你希望我退出吗？

她：不。不，实际上我希望你留下来。

我：和谁？

她：有时候我会琢磨，哪个才是哪个。我在哪里开始，他在哪里结束。

我：你爱他。

她：这么说太简单了。

我：关于昨晚……

她：已经过去了吗？

我：我不是那个意思。

她：我们刚才在说乔瓦。

我：说吧。

我和妈妈回柏林时，乔瓦要去芝加哥读大学。当时他十九岁，我还是个穿着土里土气的衣裙、梦里有詹姆斯·迪恩的小姑娘，在我眼里，皮肤黝黑的他就像个少年英雄。我们去意大利餐馆和老朋友道别。妈妈很难过，但无法掩饰她迫不及待、巴不得插翅而飞的心情。我，没有翅膀，但掩藏了自己受伤的心。

我们办了个道别派对，拉菲尔和仅存的两条狗也来了，罗塞蒂夫人的眼泪像台伯河水一样流不尽，她说幸福快乐的好日子说没就没，悲惨肮脏的苦日子说来就来。很多人都有同感，就算有战争和大萧条，50年代以前的日子总归是更好过的。这恐怕要归功于参议员麦卡锡。50年代里，任何人在外面——各种语境下的"外面"——都学会了谨言慎行，唯恐自己和别人不一样。那十几年如同坠入深渊，之前是天真无忧，后来需持久忍耐。妈妈说，她冒着生命危险离开一个暴政下的国家，不是为了在另一个暴政下的国家里窒息而亡。很多欧洲人都开始考虑重归故里。我们都知道，身边有人因为从事"违反美国利益的非美国活动"而丢了工作，或是被关到牢里。

乔瓦，当时还是大学生乔万尼；有个素昧平生的陌生人两度接近他，给他钱，想让他提供情报：不管哪所大学院校里，他觉得谁可能是共产党员？

"我们不当告密者。"备受欢迎的"招牌玉米粥之夜"被监视之后，罗塞蒂夫人这样说。

我自打出世就被人盯着不放，所以不太理解这种事有什么好大惊小怪的。

乔万尼给了我一美元，还有一把很凶残的长刃猎刀，我亲吻了他。

"保护好你的贞操。"他说这话的样子像是黑手党，但我只听清什么操，还以为和什么法令有关。

"为健康干杯！" 大家为了我们的健康一饮而尽，我和妈妈就启程了。

斯黛拉转身面对我，攫住了我的心。"你常有爱的感觉吗？"

是的，常有。爱上一片风景，爱上一本书，爱上一条狗、一只猫，爱上数字，爱上朋友，爱上陌生人，爱上虚无。有些孩子心中压抑着爱，和我一样长大，但后来就再也没法去爱了；还有些人自欺欺人，爱到泛滥，爱得轻率，忘了他们努力去爱的其实正是他们自己。

我爱我的父亲，爱得简直不像女儿爱父亲。我愿意陪伴在他身边，实践另一种道德所允许的爱。他想要我的爱，但是，除了面对小孩，那种充满爱意的表现会让他尴尬。不，不会总是那么难堪，但若任凭爱意肆意蔓延，直到某一天被人侧目，那也许更糟。他改变时，我也随之改变，戴好颈圈，领悟一点：爱不是小狗。

有些人做梦是彩色的，我的感受是彩色的；我必须把浓烈的色调降低几度，才能得到水彩画般柔和、宜人的效果。有些人连心都是精装修的，用的是米色、乳白再加点淡粉色。谁想要我的血红配深蓝？

别撒谎。

别撒谎。你知道你喜欢看，但不想买。我早就发现了，我不是别人想要住进来的那种空间。至少，不加装饰的毛坯房是没人要的。这恰恰就是我的顽固之处：我不想成为某个人温馨整洁的小家。我环顾那个满目疮痍的房间。我开口了，但不是在回答斯黛拉："我没有爱上你。"

爱是什么？是雨中的田野，草地鲜活的绿色？是小鸟寻到的气流？是狐狸和狐狸洞？是自然而然的吗？是偶尔巧遇的，还是魔法制造的？是深埋的宝藏，还是巧手的花招？我会是耍花招的人，还是被花招骗的人？是一句咒语，还是我唱的一首歌？

如果我是一道伤口，爱会是我的膏药吗？

如果我无法言语，爱能让我变得巧舌如簧吗？

对于昨天深夜发生的事，我不想声称那是出于爱情。我不想被逮作俘虏，也不想用一把蜜做的枪指着你的脑门。我不想自告奋勇当FBI探员并以此荒废余生。你去哪儿了？你见了谁？亲爱的你今天做了什么？我会像鸟爱飞、肉爱盐、狗爱追那样爱你，像水安定于水平的位置。要不然，我就索性不要爱你。

爱是自然而然的吗？你不是我的血亲，不是我的族人，没有生物性的必需性让我需要你。部落人的生存本能在此也不适用。我不想自我繁殖，也不想要你的钱。你不会授予我荣耀的地位，你不会让我的人生更轻松。高级的爱的能力看似只有人类才有，但即便在人类范畴里仍是稀缺又罕见的。这种爱意味着有些东西超越了一己之利。遗传学家必会嗤之以鼻，既然我无法证明他们错了，他们也无法证明自己是对的，我就只能说一句：嗤之以鼻实在不该是科学家的表态方式。

我这是在排演自己的辩护词吗？是的。指控我的人近在眼前。

他：你跑去和我老婆睡了？

我：和斯黛拉，是的。

他：你到底在玩什么把戏？

我：我觉得我们不是在下棋。

他：我不信。

我：是性，但不是奇迹。（其实是奇迹。）

他：你怎么可以这样？

我：我不是存心的。

乔瓦向我走来，又从我身边走开，他围着我打转，好像鲨鱼绕着一池血。随后他给斯黛拉打电话，用意大利语喊了两小时十六分钟，完全没有停顿。之后的三个月里，他的种种表现俨如蓝胡子和小丑可可①的混合体。他不是在发火和威胁，就是在开玩笑，说本来打算保持单身的男人结果却有了两个老婆。乔瓦继续和我共事，斯黛拉和我做爱，乔瓦和斯黛拉每周见一面，吃一顿饭。用花样滑冰的术语来说，他和她都在练习情感上的路兹跳：后外勾点地一周跳，亦即旋转跳，左冰鞋的后刃外缘助滑起跳，右冰鞋的后刃外缘落冰滑出。他们的溜冰场就是我的心。

我们会依照波西米亚精神，安排每个月聚会一次，乔瓦主持全员大会，伴着中餐馆叫来的外卖，理论上，我们的议题应该是为三位一体的情事找出更恰当的说法。

但实际上，乔瓦把斯黛拉递给他的账单撕了个粉碎。我把乔瓦从上一次全员大会之后写给我的三十封情书（每天一封）还给了他，乔瓦大吼大叫（这次是冲着我）："你他妈为什么不说话？"

乔瓦生在意大利，长在纽约。斯黛拉是犹太人，不是老派的犹太人，而是"大卫王之家"②那样的犹太人。她是犹太人里的女王，符合《圣经》标准的犹太人，戴银饰、涂黑眼圈的犹太人。和乔瓦一样，她凭三寸不烂之舌就能把人斗得体无完肤。倒不是说他或她不够真诚，只不过，因为太厌倦某场争论，他们都可以迅速改变立场，比拿了双倍酬金的雇佣兵倒戈得还快。我还在仔细聆听他或她的慷慨陈词，刚

---

① Coco the Clown：小丑可可，小丑扮演者麦克·波拉科夫斯的艺名，1965 至 1968 年间他在电视广告中扮演麦当劳叔叔。
② House of David，1903 年在美国密歇根州成立的犹太人宗教社团。

打定主意要赞同一方，他们自己反而一个筋斗跳到对方的立场上，最后都虎视眈眈地盯着我。彻底没主意的我心虚难安，控制不住自己，只能反复问……

"谁想来杯咖啡？"

我实在不能再问这句了。第三次世界大战即将爆发，我这是要推着餐车提供热饮吗？

斯黛拉移开视线，抻了抻十指，手腕上的镯子被摇得叮当响。她移开视线，是为了看向她的祖先们跋涉过的沙漠，凝视让她的族人那么了不起的坚韧美德。她是用黎巴嫩香柏打造的，镶嵌了宝石。她怎么会在乎提神醒脑的小点心？

乔瓦盯着虚无的半空，头向后仰，英式拷花皮鞋伸在桌下。他抱着胳膊，似乎把我看成了某种孢子：无性繁殖的单细胞生物。他想错了吗？每个月我都献上一模一样的咖啡，已然失去所有我曾经可能有过的明确的性别特征。一个男人。他的妻子。他们两人的情人。如果说我的舌头被绑住了，那绳索正是乔瓦和斯黛拉。

第一届全员大会。

由我记录的会议备忘录：

1. 乔瓦坚持拥有并行使对他的阴茎的各种权利，亦即：他已睡过斯黛拉和爱丽丝了，应该允许他继续睡。

2. 斯黛拉说，因为婚外情，他已被剥夺了婚姻中的所有权利。

3. 乔瓦说，正在发生婚外情的不只是他一人。

4. 斯黛拉不同意，因为：

a. 乔瓦的婚外情已告终结。（我点头了。）

b. 她，斯黛拉，并没有搞婚外情。她是在探索一种另类关系的可能性。

（此时通常会有一段停顿，他们会用最后一根春卷把剩下的梅子酱都抹光。）

5. 乔瓦说，我们的关系没有对他造成威胁。

斯黛拉摇响了镯子。

乔瓦说他想搬回来住。这是他家。

斯黛拉把一沓五花八门、尚未缴付的账单推到桌子对面。

乔瓦说："我可以回去收拾东西了吗？"

斯黛拉说："不行。"

乔瓦撕碎了所有账单。

斯黛拉说："你为什么不问问爱丽丝有何感想？"

乔瓦说："爱丽丝，你有何感想？"

我的恐慌就此开始。好像回到了学校，穿着粗呢大衣、鼻毛根根分明的校长对着全班同学说道："爱丽丝会把答案告诉我们的。"

五分钟后，乔瓦说："你他妈为什么不说话？"

斯黛拉说："你这么凶，她为什么要和你说话？"

第二届全员大会。

乔瓦迈着大步在公寓里走来走去，把东西扔进一只帆布包。斯黛拉围着他转，把包里的东西捡出来。这只是象征性的。乔瓦想让她明白，每一样东西都是他的；她想让他明白，那都是属于她的。到最后……"我们应该离婚。"

要么是他，要么是她，总会在晚上九点准时挑起这个话头。外卖都吃光了，公寓里的东西一一扔进包里，再一一被取出。

"我是个讲道理的男人。"乔瓦说。

"我受够了。"斯黛拉说。

她的骆驼驮着她的帐篷，法官会因此判她什么罪？乔瓦宣称自己是一个完美数，换言之，等于其因子总和的一个数字，再换成普通人听得懂的话：他足够大，应付我们两人都够了。他这么说时，忍不住把眼光降到下身，露出得意扬扬的笑容。和大部分男人一样，他时时刻刻都忘不掉自己老二的尺寸。虽然我没必要反对这种虚荣心，但我确实认为他应该动用尺子。他的盲目自信把斯黛拉逼急了，转到生理学层面锱铢必较起来。不，她见过的最大的男人可不是他。不，甚至也排不到第二名。可怕的是，他们都转向了我，乔瓦的阳刚之气命悬一线。就是在那时，那个可怕的瞬间，我把所有的外卖餐盘叠在一起，像是造出了某种护身保命的咒牌，继而转身，一溜烟地跑进防空洞般的厨房。

"谁想来杯咖啡？"

乔瓦的战歌随之响起，他真该去参加奥运会，但他其实更像贡多拉船夫。去过威尼斯的游客都会记得，男子气的美妙歌声响彻运河，男高音或男中音唱着"你昨晚和谁共度良宵"。据说，大运河上的船头立着理发店门口那种欢快旋转的条纹柱，还能用来拴缆绳。旺季过去后，哪个船夫的船头柱向水面上伸得最远，他就能赢得所有船夫买单的一顿大餐。

我不在意成为乔瓦驶过的一条运河，但我不喜欢在整个水域中被单独隔离开。他喊出我们的名字的样子好像在指路。也许我们就是这个用处：为他详尽地指出道路，让他找到自己。

这一段结束后，隐身小天使就会栖息在公寓上方，辅佐它们的爱神大人，乔瓦就会习惯性地、随意地举出一两个例子，向我们展示婚外情中的诸多细节。性方面的细节。高耸的胸脯，圆翘的臀部，莺声的娇喘，雄伟的勃起。手足并用，大呼小叫，在我们面前上演的这出戏一本正经，像流动演出的色情小舞台那样毫不含糊。乔瓦完全可以把自己定位为"腹股沟的木偶剧团"，也许他骨子里就有这种**即兴喜剧表演**天赋。我们只能让他尽兴地演，因为那是唯一可以让他筋疲力尽的办法。等他演完了，我去洗碗，斯黛拉做填字游戏。

某个月，斯黛拉从填字游戏里抬起头来，对乔瓦说："遇到你以前，我每天晚上都有不同的男人。"

"既然我们玩完了，我现在也可以每天晚上有不同的女人。"

我站在没有门的厨房门口，看着他们两人，就是在那个瞬间，我心里一阵翻江倒海，我觉得自己只是个系梁般的存在：在下端连接两根柱子，以使它们不移动，更稳固。

（此时会有一段停顿，以便他们进行每月一次的单词大战。乔瓦用一个词语控诉，斯黛拉用一个词语防卫。）

他：吹牛。

她：说书。

他：说谎精。

她：发明家。

他：幻想家。

她：小说家。

他：疯婆子。

她：诗人。

他：受骗。

她：骗子。

他：冒牌货。

她：魔术师。

他：印刷厂里的魔鬼。[①]

她：魔鬼的奴仆。

---

① Printer's devil，原意为印刷工坊里的学徒，包括本杰明·富兰克林、马克·吐温在内的许多名人都曾做过这样的学徒。此外，这也是 60 年代美国电影的名字，讲述一个人为了拯救即将倒闭的报社，把灵魂卖给了魔鬼。

他：精神分裂。

她：天才。

他：分叉的舌头。①

她：水银做的。

他：让人听不懂的累赘术语。

她：神秘的符文。

他：耍花招。

她：有语言学依据。

他：福斯塔夫。②

她：普洛斯彼罗。③

他：金丝雀。

她：歌后。

他：一锅杂烩。

她：炼金术士。

乔瓦转向我说："都怪你。"

斯黛拉对乔瓦说："当然不是爱丽丝的错，要怪你。"

乔瓦对我说："别听她的，她会毁了你。不管她对你说了什么，都不是真的。她对你说了什么？"

---

① Fork-tongued，原意为分叉的舌头，如蛇舌。引申义为花言巧语、胡说、说空话等。
② 莎士比亚戏剧《亨利四世》中的喜剧人物。
③ 莎士比亚戏剧《暴风雨》中的悲剧人物。

爱丽丝对乔瓦："她说你们是怎么相……"

乔瓦对爱丽丝："哦，那些事，我没法说……说我们是怎样青梅竹马，她怎么去的柏林，又怎么回到了我家的餐馆，我坐等在那儿，心都碎了，瞧着窗外，英俊，孤独，不知道人生还有没有未来，她……"

她回到纽约，行李箱里全是希望，但没什么钱；她又逃回了这座长度和宽度可以涵盖整个世界的小岛。她明白那样的纽约并不存在；那只是一座空想出来的城市，在岛上城民的头脑里蓄势待发，像一场浮在半空的梦。

她兴奋地坐电梯到帝国大厦的楼顶，俯瞰这座她的父母透过轮船的汽雾眺望过的城市。

　　"这一年的所有城镇中
　　我曾渴望那另一座城。"

她母亲曾念诗给她听，纾解对柏林的思念。而在柏林，这个小姑娘也用读诗一解对纽约的思念。

　　"这一年的所有房间里
　　我曾走进一间红色的屋。"

她以前住过的公寓楼已被推倒，只有防火梯还在原址，疯狂，扭曲，无法通向任何房间。她爬上铁梯，打开一扇看不见的房门，里面是看不见的房间，妈妈的红色厨房，颗颗钻石所在之处。是在这儿吗？她们两人，密不可分的同谋，偷偷逃离懊恼中的索多玛城，走过一个和她体内的钻石一样纯粹的黑暗夜晚。碳：物质的基本元素之一，每个碳原子以四面体状与四个碳原子天然键合，煤炭和钻石都是碳。

没有支点的铁梯被大风刮得来回摇晃，她慢慢地、小心地往下走时，突然看到，在街角的建筑用地里，在合乎礼节的距离外，有个一身黑衣的人在等待她。

意大利餐馆，美食更美味。

对乔万尼来说，并不见得如此。帅气的乔万尼那天刚好三十岁，他一圈圈地搅动盘子里的蛤蜊番茄意大利面，在心里和自己争论：哪一种自杀的方法最不痛苦又最有戏剧性？别怪他。他是狮子座。

离婚、失业的狮子座。他参加的反核运动最终让他丢了工作、老婆和孩子。

1961 年的他义愤填膺，意志坚决，当纽约市得到指令进行核战演习时，他是那些坚持在市政厅公园露天抗议的成员之一。作为破坏分子，他早有案底在身，因为他在 50 年代不肯揭发同侪，到了 60 年代，他又因抵制核战和越战而成为异端分子。能让他免于坐牢或被强征入伍的，只有他在学术界的傲人业绩。学术界需要他。他的妻子认定他是个懦夫。

走进铺着格子桌布的餐馆的是个面目姣好的女人，手提行李袋。

明明有很多空桌，她却径直在乔万尼的桌边坐下，面对面，微笑着拿出一把刀。他有点疲惫，惊讶地瞪着她，又觉得很轻松。如果有人来杀他，他就不用再费心自杀了。

> 她：我做到了。
> 他：什么？
> 她：保护我的贞操。

几星期后，他们在圣帕特里克教堂结了婚。照理说，离异的天主教徒是不可以在教堂里再婚的，但神父多年来都在他们家的小餐馆里吃饭，而且是免费的。上帝仁心宽厚，尤其是吃饱了之后。

那是幸福的时刻，没有人注意到，有位阴沉的教堂会众没有得到邀请。

> 她：你还记得吗？那准是在 1958 年，在我回柏林之前，你带我去现代艺术馆找爸爸，结果着了火，烧掉了莫奈"睡莲"系列里的一幅画。我很害怕，我觉得我在火影里看到了爸爸，你牢牢抓住我，向我保证，火不会伤到我。你还会这样说吗？

"当然。"雷霆守护者乔瓦回答。

我看着他俩，眼睛发光，漂浮在他们的回忆里。有人曾对我说过，

"乔瓦和斯黛拉是分不开的"。那时候我一笑而过，什么也没说，还觉得自己是欲望的对象，而绝不可能是欲望的牺牲品。

炼金术士是怎么说的？排中律 [1]，没有第三种可能性，哪怕那能调和两个极端选项。如果我出现在这里，只是为了让他们和解，那一旦大功告成，他们是不是打算把我一脚踢下船？海盗斯黛拉？海盗乔瓦？他们的爱情打着骷髅头和交叉腿骨的标志，扛着这扇大旗的是爱丽丝？

现在，"斯黛拉和我"被纳入"乔瓦和我"的出海度假计划了。

"不行。"我心想，"不要。"但对乔瓦我总是回答：好的。

在租用游艇、不雇船员这方面我是行家，就算我想雇个水手帮忙，乔瓦也不会答应。

"不行，不，不。我们是要远离尘世，决定我们的未来，绝不能让个好色的黑手党在旁边窥视我们。"

就在我们航班出发的前一天，我接到母亲的电话。父亲病倒了。我能立刻回家吗？她已经帮我订好了当天晚上的红眼航班。

我用一只手打包，另一只手握着电话，疯狂地重拨乔瓦和斯黛拉的电话，但谁也没有联系上。我心想，为什么在我们最绝望的时候，世界反而最是无动于衷呢？最后，我在慌乱无措中给乔瓦在研究所的办公室发了一份传真，告诉他我这边出了状况，留下了我在英国的电话号码。我能对斯黛拉说什么呢，她的电话答录机设置为三十秒钟后

---

[1] 逻辑学中的排中律：同一个思维过程中，两个相互矛盾的思想不能同假，必有一真，即"要么 A 要么非 A"。

自动挂断。

我再次试图联络他们是两天后的事。我发现他们按照计划已经出发，并拿到了游艇。

我意识到他们可以假扮我、冒用了我的航海执照。我在署名时故意使用"博士"头衔，因为我不想用"夫人"或"小姐"这样的称呼，好像我的婚姻状况理应告知全世界似的。在没有其他证据的情况下，我肯定会被认为是男性，这是不可避免的。

这应该不会是乔瓦和斯黛拉第一次掩盖由我开启、由他们终结的痕迹。我喜欢情人嬉笑怒骂时说：你是谁？我是谁？我们俩中谁是谁？但当难分难解的情色双人组走到伪造信件和签名的地步时，我就不那么喜欢了。

开始时是游戏，交欢后，喝着香槟投骰子，满心泛着爱的泡泡。我曾手把手地教乔瓦模仿我的笔迹。如果他像我那样扭转手腕，他就可能变成我，他就可能让我自由。如果他能彻底变成我，那我也可能彻底放手，变成另一个我。他可以代替我，就像一块沉重的方石代替水。

那时候，我不曾意识到这是个邪气的比喻。

很久以前有两个好朋友，找到了第三个人做好朋友。满世界也找不出更好的朋友了，他们一致同意，要住在一个宫殿里，在一条船上出海，三人共进退，同甘苦，俨如三头六臂。

三个月后，他们决定去探险。

"我们要去找什么？"他们问彼此。

第一个人说："金子。"

第二个人说："老婆。"

第三个说："要找根本找不到的东西。"

他们一致同意第三个答案最精彩，就联手出发了。

过了一阵子，他们来到一栋豪宅，天花板精雕细琢，地板却对人很不友好。他们刚刚迈过前门就差点掉进一个深洞，好险好险。惊恐万分的他们紧紧攀住护墙板，抬头看到了水晶吊灯，如亮剑倒挂，光芒四射，照亮了宾客们进进出出的大屋子。这间大屋布置成了餐厅，桌椅都锁在大长链子上，刀叉多得惊人，就算食客失手，刀叉掉落深渊，也还有备用的。

号声响起，宾客鱼贯而入，都是从天花板上的活门走出来的。有些人靠吊索帮忙，有些人直接走在细巧的绳索上。就这样，他们依次落座。所有人都坐好了，号声再次吹响，坐在桌首的人往下看，问这三个朋友："你们要找什么？"

"找根本找不到的东西。"

"不在这里。"那女人说，"不过，你们可以拿些金子走。"话音一落，每个食客都扔下一只金子做的餐盘，活像威尼斯总督把用过的餐具扔进大运河，以炫耀他是多么鄙视俗世之物。

我们这三位朋友可不鄙视俗物，他们能带多少金盘就带走了多少金盘。把这些宝贝都装好车，他们继续探险之旅，哪怕行李变重了，走得比之前慢多了。

他们好不容易到了土耳其，进了尊贵的一百九十五世穆斯塔法王的后宫。穆斯塔法王备受尊敬，身边美女如云，花团锦簇中只能看到他的食指。食指弯了弯，他让三位朋友走上前去，闷声问道："你们要找什么？"

"找根本找不到的东西。"

"不在这里。"他用幽灵般深沉的声音说道，"不过，你们可以带些老婆走。"

这三位朋友高兴坏了，但他们留意到穆斯塔法王的命运，决定不带太多。每个人只带走了六个老婆，还让她们搬金盘子。

之后数年，拖家带口的他们狼狈地继续探险之旅，穿越大洲大陆，走过漫长的历史，凭着机遇和幸运搜罗世上所有的好东西，尽量没有遗漏。

最后，他们来到海中央的一座高塔。有个男人打开窄窄的小窗，他的脸面带着几百年的沧桑，他的嗓音里有风的呼声，他喊道……

"你们要找什么？"

"找根本找……不到的东西。"狂风把他们的声音吹得七零八落。

"那东西找到你们了。"那个男人说。

他们听到背后传来巨响，仿佛大镰刀在收割海水，他们转身去看时，看到一条船朝他们驶来，船身薄得像一片刀刃。划船的人影挺直站立，手持一支桨，但那并不是桨。他们看到金属的弧线反光，先是在这一边，然后是另一边。他们看到划船的人把兜帽往后翻下。他们看到他朝他们挥手，然后整个世界倾斜。海水倾泻。

鱼和海星钻在他们的头发里，他们是谁？

死神

DEATH

1960 年 6 月 8 日，英国，利物浦。太阳处在双子座。

我父亲在"神佑号"上把舵。我已出世，血淋淋的身体裹在我母亲的毛大衣里。涂过木馏油的木制船舱，石蜡灯。油味，柏油，沙丁鱼和杜松子酒。

我飞抵伦敦希思罗机场，海关关员问我有什么物品要申报时，我说："我父亲快死了。"

我转机飞往利物浦，再搭出租车直奔奶奶家，破败码头附近楼上楼下各两间房间的独栋小楼。

奶奶看上去总是非常老，像独角兽那么老，总像是游离于时间之外的奇人。现在，她真的老得像从《圣经》中走出来的，先知般正直，毒蛇般毒舌。她打开前门的模样好像那是审判厅，也许那就是。

"大卫睡着了，"她说，"你母亲喝醉了。"

*

我走进门廊，穿到厨房。厨房里铺着地毯，也铺了瓷砖，家具贴了胶木，配了玻璃门，煤炉边有一台嵌入式煤气炉灶。我四下张望。小兔子不见了。

"社区服务部，"奶奶说出这几个字的口气好像在念克格勃，"他们说：'要么收拾干净，要么进养老院。这儿不适合人住。'我说我就是人，而且在这儿住了六十多年了。"

我们在家具商称之为早餐吧台的小桌边坐下来。

"应该让我去死。"奶奶说，"应该是我，不是大卫。"

我听她讲述发生了什么事，从头到尾想了一遍。我看到父亲褪下光鲜的外衣，用死人的衣服当自己的裹尸布，还套上了用来抵御日常生活的增压套装和增压头盔①。当他终于以世间之道穿戴完整了，就灌注氧气般的尊严，让整套装束鼓胀起来。他保护了自己，免受他自己的攻击。他的增压服拯救了他，令他在深渊的致命重力中得以存活。

与此同时，他在增压服内部开始腐坏。他的第一次危机发生在我九岁那年，为了摆脱僵死的老码头，我们随他跳槽，搬到了伦敦，再次激活了他心中那个斗志昂扬的男人。那个活力四射、能量爆棚的他变成漫画般滑稽的形象。在加速下降的时刻，他硬是把自己拖出阴影，再甩进每天二十四小时的工作中。他成功地扭转了态度：抛弃过时的战后价值观，拥抱急于求成的现代生活。他是令人赞赏的，我父亲，勇敢得令人钦佩，但他看不出来，自己那么害怕的阴影其实正是他自

---

① 增压服及其配套的密闭头盔或加压面罩，是给高空作业者（如飞行员）的躯干和四肢体表施加压力以对抗因加压供氧而增加肺内压力的个体防护装备。

己投下的。

在那些看似阳光普照的岁月里，他的影子越来越长。但我父亲一门心思注视前方，假装没有注意到影子。他也没有注意到，日晷上的太阳吐露的真相和他讲给自己听的故事并不一样。他必须在正午时成为英雄。日光不能动摇，也不能减弱。他忘记了时间是会向前流的，那是致命的遗忘，他不记得时间会以其固有的循环法则，一岁一进。我父亲在变老的同时变年轻了。这个野孩子，出身码头区的男孩，我那掌舵拖轮的父亲，他变得越来越像参议员时反而骚动起来，哪怕是在清醒意识的保护之下。

痉挛一次后，他开始抱怨。医生给他开了药。董事大会上，在他最飞扬跋扈的场合里，在穿着灰西装的大人物面前，他再次痉挛。他的半边身体带着尊严，保持挺立。另半边像通了电一般抽搐不已。大家建议他休假，他拒绝了。

丘纳德航运公司周年庆的现场，我父亲在痉挛发作时，将一整瓶库格香槟倒在了爱丁堡公爵殿下身上。

"是个希腊人。"我奶奶说这话的口气就好像在问："那究竟是谁？"

董事会宣布让他退休。这不丢人，他已经六十多岁了，本来就可以选择舒舒服服地告老还乡。任期最后一天的下午，他的司机来接他，照例问道："先生要去哪里？"

"利物浦。"我父亲回答。

捷豹行驶在高速公路上，我父亲在想：为什么这条路不能永远进行下去呢？他的目的地在哪里？谁在开车？方向盘后面的身影看来挺熟悉的。他坐在后排，觉得自己依然有掌控权。他已经把自己塑造成了他生命中的过客。

他倾身向前，拍了拍车窗。他想对司机说，他情愿下车散步。他的身子又往后靠，身子在摇晃。下车散步？他是要去利物浦啊。他这是怎么了？

"出人头地，当个大人物。"他母亲的叮咛已然烙印在他的身上，在昂贵的西服底下那层秘不示人的体肤上。

"我是大人物了。"他大声说道，"但是，是谁呢？"

他是多么讨厌那栋上下各两间房的独栋小楼啊；他是多么讨厌他的父亲啊，粗鄙，多疑。他父亲被鱼雷击中后，他又是多么内疚地感到轻松。

他父亲阵亡的前一年曾回过一次家，因为他所在的潜水艇发生了供气故障。一只本该救人的氧气瓶却害得他的肺部溃烂，充满了黏液和积血。即便身体康复了，他的左半侧身体也彻底被毁了。他身上的神经和皮肤没有生机，仿佛只是模仿生命的滑稽表演。他的一只眼睛睁不开，一边嘴角下垂，一条胳膊抽搐不已、完全报废，一条腿塞在靴子里，捆得那么紧，好像是靴子在支撑那条腿。

大卫记得，自己不得不坐在他的膝头，在他死气沉沉的口袋里翻找糖果。

海军的军医给他父亲开了一张恢复健康的证明，希望他回潜艇服役。动身前的那晚，他蹑手蹑脚地走到已经睡着的大卫的床边，脸上绑着一条头巾，他弯下腰，轻声说："在空气里，小子，飘在空气里。你难道闻不到吗？在空气里。"

大卫闻得到。在鲜血和尿液中浸泡多时的军服，臭水，死亡和毁灭的气味，担架和脏脏的红毯子的气味。如果恐怖就在你身体里，你怎么能把它甩干净呢？

在码头边的小楼里，大卫学会了屏气。

父亲阵亡了，大卫感到肺里顿时涌入了空气。他那么用力地吸气，简直要担心衣橱和椅子卡在鼻孔里了。两只肺扩张得那么大，他的鼻子怎么吸得过来？简直供不应求。如果家里的每一件家具都被吸入呼吸道，他会死吗？他把身子探出窗口，试图在整片天空下呼吸。清早，他母亲种在花坛里的花花草草被一阵强风连根拔起。

他爱他的母亲。他要当大人物。

捷豹轻松抵达，大卫下了车，给了司机一千英镑的现钞。他和他握手，感谢他，然后转过身，身子笔挺，毫不抽搐，走向昔日的三叉戟航运公司所在的几栋楼。他的司机也飞快地转身，把车开走了。这辆车必须打理一番，当天晚上就要做好接送大卫的继任者的准备。

大卫走进他母亲从1928年打扫到1978年的老楼，他自己从1947年开始在那栋楼里工作。木屋、小卖部、码头栈桥和办公室都已改建为一座艺术园区，包括画廊、戏院和健康食品咖啡馆。大卫走过闪闪发光的地板，金属网格装置和逼真至极的塑料鳕鱼让他有点迷茫。从琳琅满目的牛仔裤和棒球帽之间走出来后，这个身穿萨维尔街定制大衣的男人点了一块胡萝卜蛋糕和一杯浓茶。一群学生瞥了他一眼。

"他们会以为我是谁呢？"他很想知道，"一个有钱的蠢老头。"他笑出声来，因为他曾经比他们中的任何一个人都穷，也比他们更聪明。

"这儿曾经是文员办公室。"他大声地说出来。（学生们抬头看了一下，又移开了视线。）"我们这儿共有十二个人。以前我们把这儿叫作'使徒组'。公司每星期都从我们的工资里扣掉一先令，用来支付我们穿的套装。"他停顿了一下，"一先令。倒不如说是一枚达布隆金币 ①。都是过去的事了。应该说是，历史。"

他就历史一词思考了片刻。变老，并不是他期待的事情。他想说："为什么我会老呢？"虽然他知道这个问题毫无意义，但对他来说意义重大。他的身体，他的头脑，长久以来联袂作战，但现在开始有分歧了。精神呢？他的精神在分歧的新格局里何去何从？他不相信有上帝，但偶尔也会很别扭地产生一种想法：上帝是信任他的。

"我是个蠢老头。"他心想。

他取出他的书。《他者：神秘的故事》。②

他是被书名吸引的，因为在他看来，别人都很神秘，无法了解。他与别人相处融洽，靠的是揣测别人，别人和他相处也是靠对他的揣测。

---

① 达布隆金币：旧时西班牙及其美洲殖民地所用的金币。
② 英国作家马丁·艾密斯（Martin Amis）的小说，出版于 1981 年。

有多少假设的揣测属实呢？那几个学生瞥了他一眼就掉转视线。他们以为自己一看就知道他是什么样的人，认定他对他们来说一无是处。他们也给他留下了懒惰、肤浅、邋遢又愚钝的印象。毕竟，念过大学却这样打量他的人又不是他。

"是啊，"他心想，"现在好好打量我吧。为什么不呢？光看模样，根本看不出我们想知道的情况。"他希望他能走过去，和他们交谈。他希望自己可以说："你们看到的、坐在墙角的人并不是我。我的名字叫大卫。"

他看着桌子底下自己的脚。他不是在看擦得锃亮的牛津皮鞋和深色羊毛袜，他看到的是厚底铁头靴，鞋跟钩在文员的高椅子的横木上。把他的脚推回现实的是一把蓬松的棉拖布。

"请小心，你的脚。"

"母亲？"

"大卫。"

他对她皱起脸。她都有二十年没在这儿工作了啊。他这是怎么了？

但那确实是他的母亲，穿着粉色的连身工装裤，像培根卷里的一颗梅子。

"我在做清洁工。"

她在他对面坐下，听她的语气，好像她在提及克格勃。

"要假装你不认识我。"

学生们用胳膊肘推来推去，有个女孩咯咯地笑起来。

"你在这儿干什么？"她说，"你会给我添麻烦的。"

"我今天退休。"他说。这些话听起来很遥远，像是别人的声音。

"好吧，但我还在工作，如果他们发现你是我儿子，我会丢了这份工作的。"

"为什么？"他不明白。

"看看你有多老吧。我对他们说我才六十一岁。"

六十一、六十一。她都快九十岁了。任何人都看得出来她快九十了。她的肚子都垂到大腿上了，她的胸部都垂到肚子上了，她的脖子垂到背心里了。她的下巴垂到脖子里了，她的眼睛往骨头里缩，都快缩进空心的头盖骨里了，要不是后脑勺还伪装着稀稀拉拉的几根头发，她大概可以不转头就看得到后面。

"你一点儿也不像六十一。"

她傻傻地笑起来，脸也红了："你一直是我的乖儿子。"

"我送你回家吧。"

"你想等就等吧，我六点下班。"

六点。他母亲把粉红色工装裤挂在铁灰色储物柜里时，他就站在凄凉的员工休息室里。她戴好帽子，穿上大衣，继而挽住他的臂弯。他们一起走出去，面朝河水。她沿着码头走回家。一盏街灯照亮浑浊的河水，留下一片橙色的倒影。他想起以前她是如何擦拭黄铜招牌的，他又是如何幻想自己能在很久以前的纽约港口见到那块招牌火焰般的反光。他的秘书，乌塔，跟他讲过她的灵魂如何飞速越过水面，朝她自己飞来。他被惊到了。她看起来并不像那种女人；她是那么踏实，那么自给自足。对一个远离家国的年轻男人来说，她很美。他送过她礼物，衣服，香水。后来有天晚上……

他把回忆推开。他离开纽约后，她送过他一条领带，丝绸的，红底白色圆点。他戴了很多年，都戴旧了。但他一直留着它，收在抽屉里，和那些方巾在一起。用旧了的一段时光。

手挽着手，大卫和他的母亲，像以前那样一起走回家，那时他也要等她下班回家，从烟囱架上扯下一条腌鱼炖着吃。他还能咂摸出那种滋味，还有那时的快乐，都在他嘴里，他感觉很温暖。

"你今晚住哪儿？"她问。

"陪陪你？"

他们慢慢地走。走过拴着船、生了锈的铁环，走过空荡荡如教堂般的装卸货仓库，走过摆着自动钢琴的小酒吧，走过新建起的礼品店，店里卖的烛台是用回收的废旧铁栏杆做的。"人就不能回收再利用了。"他心想，"融化掉，再做成新的东西，我应该会很享受这种事。"有那么一瞬间，他那清晰闪亮的神志向未来冲去。接着，他反省自己，一如往常。什么也没有。什么也没有。什么也没有。夜很暗。

他们进了屋。他登时觉得如释重负，不用再负担任何责任。这是他少年时的家，这是他母亲的家。他的橡胶长靴仍放在橱子里，受尽磨难的橡胶薄得像一层皮肤；他的海员扣领短大衣仍挂在门口。不会有人来这里找他。

他找到了他那件蓝色卷领毛衣，穿在西裤上面显得很不搭，但他还是套上了。他母亲一边捣土豆泥，一边望着他。

他吃东西的时候把手肘撑在桌上，用右手握着叉子吃。她给他倒了一杯吉尼斯啤酒。

她吃着自己那份时，安静地回答了她自己刚才问过的问题："如果你当初和别人一样留在这里，大卫，你不会比现在更幸福。"

后来，她把这话讲给我听时，几乎有点自卫的意味。我拉起她的手。如果我父亲忘不掉想象中的过去，想象中的未来就会霸占他的心。只要站着不动，他就会极度渴望行动。只要行动起来，他又会渴望静止不动。他不是不知足的人。他是那种永远不会牢记台词的人，哪怕剧本是他自己写的。即便在最投入一个角色的时候，他心中仍会念念不忘地去想：那只是个角色。他不知道怎样彻底融入一个角色。哪怕多一丁点儿的忘记，或多一点点的记得，或许都能拯救他。所以，他只能受苦。

受苦让他觉得羞耻。没有人允许富裕阶层的人受苦。他们要是吃苦头，就会变成某种公开的绞刑，完全暴露在民众"好好教训他"的幻想之中。他漫不经心地想着：政府是不是应该颁布一些规定，比方说：一个人的银行存款不能超过多少上限，才能准允他感到痛苦？

他是白手起家的。他是工人阶级的小孩，只不过付得出定制西服的钱。他认为自己是工人阶级，但别人觉得这太荒谬了。他所经营的公司是绩优股中的绩优股，他们是有权有势的人。他们就像贵族继承封号那样继承这种掌控权。般配的家庭，般配的学校，般配的交际圈，般配的愿景。这一切都是有回报的，他这样的人空降到他们中间，在大桌边给自己找到了一席之地，就必须加倍努力、加倍优秀，但他们仍会轻视他的成就。他们仍然无法相信，他只是个得到奖学金、拥有更多期许的穷人家的孩子。他们的言行举止表明，很多像他那样出身的人，都没有爬到他们现在达到的地位，只是因为意外的挫败。有时他们也会暗示，他过于轻松地得到了这一切。还有些时候，在公开场合里，他们会称他为暴徒。他有能力，谁也不能否认这一点；他有一种使命感，但他们会坦白地表示：他们觉得那很粗俗。他们想去喜欢他，可惜他不是讨人喜欢的那种人。太别扭，太刁钻，太狂妄，太骄傲。奇怪的是，他倒是和工人们相处得很融洽。

他很孤独。和他一样出身的老友旧识中，没有一个人像他那样功成名就。他已远离曾经的生活，回不去了。当他和过去的老朋友见面时，备受生活压力摧残的人只能感受到他的威慑力，中产阶级也不能和他平起平坐了。他显然是很幸运的。那是当然。现在的他就像一座孤岛，上岛的只有货物和水。

他的太太是个酒鬼。他知道那是他的错。他的孩子们在适宜的学校，有适宜的社交，在适宜的展望中长大成人了。孩子们几乎从不来探望他，而他挚爱的爱丽丝呢，比别人好上三倍，但他觉得，因为自己变成了这样，所以她恨他。

现在，受苦和奋斗都结束了。他重写了遗嘱，把他们家的房子、足够多的钱留给他太太。剩下的股票、投资和其他资产都投入了信托基金，给贫困儿童当作奖学金。也许，会有一个孩子完成他未能成就的大业，彻底厘清种种矛盾。

他把盘子洗了，亲吻了母亲，走上楼，进了他小时候的卧室。房间里很冷，但他不介意。他躺在床上，听着楼下的母亲把锅碗瓢盆收好。他的右半边身体感觉很沉重，很麻木。左半边更轻松，更自如。因为害怕痉挛，他通常会让身体保持僵硬，就像对待一条恶犬，他必须给它戴上口套。

他睡着了，在梦里驾着"神佑号"，太太生下了女儿，他用照明弹把河水照成一片火红。再远一点，他已经在纽约，和秘书搭渡轮去史丹顿岛。他拉着她的手，后来，他们在儿童动物园里做爱。再远一点，他正在追求自己的太太，黑头发，蓝眼睛，有着未成熟的爱尔兰人的机智。那是他吗？潇洒、懒散、信誓旦旦？他许下诺言……他撒谎了。

三叉戟航运公司。一个红光满面、在办公室椅子里从来坐不安稳的年轻人，每个夏夜都和朋友们一起装船的年轻人。山姆！泰德！他大声喊叫他们的名字，但他们都没听到。大卫！梦中的另一个他也没有转过身来。他打算跟着大卫回家，但那已不是他自己了，而是个十一二岁的小男孩，身穿时髦的校服往私立学校走去。整整一天，大卫都在等这个男孩，终于看到他下课回家了，沮丧，迷茫，眼睛上有一道划伤。男孩亲吻了他的母亲，把书包扔到墙角，就跑出去玩了。"你的校服，大卫。你的校服。"她的声音消失了。这个小男孩现在躺在床上，气息稳定，吸入，呼出，在时间中呼吸。

那天晚上，大卫中风了。到了早上，他的右侧身体已没有知觉，他没法喊出声来，他没法说话。

我坐在父亲的床边，握着他的手，想着他，感受着他，不知道除此之外还能怎样与他交流。他没死，但没有生机了。在父母办派对的那些夜晚，我就是在这间卧室里睡觉的。我实在没想过，会看到父亲躺在这张狭窄的小床上。

"他认不出你了。"奶奶说。他认不出吗？现在，他的大脑和身体在用不同的语言，但没有翻译居中转换。如果我跟他说话，他能听懂吗？

我开始给他讲一个故事。故事里有镜子和方巾，有冬天和纽约；有我想嫁的一个男人，还有他的妻子，我也爱着她；意大利面和数字，绘画和阿冈昆酒店。愚人船，他和我在船上。

我真该把故事说得再简洁一点，紧张一点，要有悬疑故事的节奏感，要有浪漫传说的刺激感，但被我那么一讲，好像只剩下了片段，仿佛对着光举起彩色玻璃杯，只看得到斑驳光点……这就是我发给你的闪光灯语。

那是一间奇特的忏悔室。我父亲像牧师一样遥不可及，目不可见。我此生不能告诉他的事，却在他失去生机的时候讲给他听了。我将满溢的心声倾泻在他浩瀚无穷的时空里。他紧闭的眼帘压抑下的泪水覆没了他双颊的泪沟。他的泪，就是流动的他。我父亲回流到生育他的河水中了。河水终于把他要回去了。**莱茵的黄金**。太阳照在河面上时，他身体里的黄金变软了。我想我们又一次手拉手了，我和父亲，在潮汐推上岸的杂物中翻翻拣拣，彼此可以言语，说一说那是什么，并且予以谅解。

他死于泪之卵。

我母亲坚持在拉拉酒店（装饰风格：默西赛德郡式的埃及风）举办葬礼后的茶会。这家酒店曾在荣耀的过去为船运贸易商举办酒会，如今只能靠周末的销售员精进班、冷冻渔业促销市集赚点小钱。恢宏的大理石台阶和拉利克台灯一成不变，透露出一股摆脱不了的伤感。大厅里那座媚俗的埃及豺头人身像尽显疲态，克里奥佩特拉方尖碑的仿制品已用铝箔纸修补过了。我们的茶会是在法老厅办的，酒水都在金字塔酒吧里。

"以前，没有像这儿的地方。"我母亲说。

以前？她住过的酒店够多了，足以让她明白，绝不可能再有像这里的地方。幸亏这家酒店和冷冻渔业界有关系，才能提供木乃伊般的冻虾，死虾身上仍然带着冰坨，好像仍在等待在下世纪恢复青春。冻虾之后上三明治，特别预订的葬礼三明治用的是黑麦面包。我看了看食材清单，鸡蛋、鸡蛋和番茄、鸡蛋和水芹、默西河鸡蛋。我问侍应生，默西河鸡蛋是什么东西，她带着纳芙蒂蒂女王的傲慢语气回答我：就是没有蛋黄的鸡蛋。

"煮熟的蛋白做的三明治？"

"你爱吃不吃。"

慢慢蹭到餐桌前，我才发现消失的蛋黄都在哪儿了。每个蛋黄对半切后都平放在大浅盘里，圆顶朝上。这道菜叫：蛋峰。

"好多蛋啊。"我随口一说。

"刚才搞错了。"纳芙蒂蒂说,"有人告诉我,你们是'快乐母鸡'。"

"快乐母鸡?"

"就是英国最聪明的蛋。明天他们在这儿开会。"

"可今天是我父亲的葬礼。"

我从她身边走开,留下她窘迫又戒备地站在那儿。我走到奶奶那儿去,她正独自坐在叶子都是褐色的棕榈树下。她有一盘葬礼三明治和一杯雪莉酒。

"我很抱歉。"我说。

"没关系。"

不可以没关系。这当然有关系。葬礼是为活人办的,参加葬礼的又不是死人。要是我父亲看到金字塔酒吧里那些灰白头发、满脸愧疚的男人簇拥在我母亲身边,他肯定会被逗乐的。

"更糟糕的事还没来呢。"她说。

她指的是遗嘱,她已经告诉我父亲修改遗嘱的事了。我的妹妹们都嫁给了有钱人,但还是指望能再富有一点。就像简·奥斯汀小说里随处可见的女性那样,她们沐浴着芬芳的爱情,却染了一身铜臭。我们明天都得去伦敦听律师念遗嘱。

"我们回家吧。"

我们走奶奶座椅后头的防火门,出了酒店。外面的大街上满是逛街购物的人,让我晕眩的不是刺眼的玻璃橱窗,也不是拉拉酒店致命的荒谬感，而是它们之间的空间，平坦的大地和倾斜的大地之间吞没一切的空间。在他们的生命和我的生命之间，可以让我跌落、飘浮的空间。

揭露一切的死神。他掀下兜帽后，会揭开什么样的真相？是他的面孔，还是我们的面目？我们常把自己的真面目掩藏在假设和自满之后，甚至当我们的身体凑近彼此时，我们也会别过头去，移开自己的真面目。我想看你吗，会不会看到什么而让我害怕？我宁愿看透你，看你的周遭，和你一起看，只要能避免注视一张脸时的那种紧张感就好。那么，你愿意看我吗？掀下兜帽，脆弱不堪？他们在看我，好奇地，不安地，立刻移走了视线。那个女人有点不对劲。他们看到了我的真相。他们把自己的兜帽再往下拉了拉，揭露一切的死神就在我流散的视线里。

陪我一起走，手拉手走过故事里的噩梦。没有故事可以讲的时候，更需要讲个故事。走向通往地板活门的扶手楼梯，一块木板接着一块木板走向大海的源头。这是一个在海上的故事，波浪起伏的故事，有停顿和退潮，把小船推上浅滩、再拉到远方变成极小的一点的故事。生命航行在生命的泪海中。

走上木栈道。情感的脚步下，木板粗糙但有弹性。我是这样一个"我"，主观，犹豫，躲在后面吆喝，畏惧前面有陷阱、有空洞、有我和别人之间的隔阂。

听我说。对我说。看着我。

"看着我。"奶奶说。好的,看着她。枣树般遍布尖刺,玫瑰露般甜蜜,柔术般坚韧的头脑,千禧年庆典般的善意欢心。能量,在她体内运作,为她提供以焦耳为单位的热能。歪脖蚁鴷,突然扭头。白蜡树上的啄木鸟。

我们走回家。别人都在扮演周六的毛驴,左右两边的篮子装满了蔬菜和鲜肉。巴士车站排起长龙,商店的霓虹灯关掉了,轰鸣的垃圾车清走堆积如山的纸板箱。所有这一切,熟悉又疏离。我想买点什么,就像天冷的时候自然而然弯起手指。还在吗?指头全都在吗?一切正常,我也是正常的一部分。如果说这些人的生活都一如往昔,为什么我的生活不再是了?

我停下来,在书报摊上买了两条巧克力棒。

"老夫人饿了吧?"摊主说。我以为他指的是巧克力棒,就瞄了一眼身边的奶奶,她像个行走的问号。我牵着她的一只手,但她的另一只手还托着从拉拉酒店里带出来的一盘葬礼三明治。我把盘子放在人行道上,接着带她走。

我父亲以前爱玩魔术。他最喜欢的花招是用一条红色丝绸方巾把一杯水变没了,再把方巾扔向他的某个朋友。他们会惊慌地倒退一步,还以为会被水淋湿,但方巾毫发无伤地飘落在他们脚下,空气媒介中丝毫没有 H_2O 的痕迹。

这戏法是怎么变的?除非我父亲站在书桌或餐桌后面,并且谨慎地钉好"女助手",否则他决不会演出这出。女助手,你是看不到的,和魔术师的下半身处于同一个平面，其实是一只特别设计的深口袋，可以装进前一个魔术中被丢弃的道具，以及下一个动作所需的重要道具。我父亲用娴熟的手法把方巾铺在玻璃杯上方的同时，还要把玻璃杯塞进女助手的肚子里。圆肚玻璃杯已经消失不见，但杯子的轮廓还在，那是由一只形状巨大、缝在双层厚方巾上的金属环制造出的假象。在观众眼里，圆环就是玻璃杯缘，所以，魔术师把方巾飞旋到半空后，玻璃杯就好像凭空消失了。

布置晚宴时，他坚持要把餐桌布扯掉，可把我母亲吓坏了。还是孩子的我们都很崇拜这等恶魔般漠视陈规的举动，被震起的杯盘违抗重力飞到半空，仿佛被抛进了疯帽子①的派对。我父亲常说，被瞬间移走的其实是桌子，杯托、刀叉和水罐都重新落在合适的位置，但支撑它们的只是桌布而已。

也许他说得对，也许根本没有餐桌。秩序、稳定的表象看似坚实，但也许就像方巾盖在不存在的玻璃杯上一样，只是假象。杯子和桌子早就消失了，但轮廓还在，让人深信不疑。至少，在我们知道魔术师是如何办到之前是信的。

如果超弦理论是正确的，那就真的没有桌子。没有基本的组成构件，也没有能让其余的部分累次堆叠的坚实、稳定的首要基础。杯子和杯托都在空中，下面的桌布也悬浮在空中，桌子本身是个概念，要是没

---

① 《爱丽丝漫游仙境》中的人物。

有桌子，我们吃晚餐的时候会觉得不舒服，实际上，桌子就和我们自己一样是不固定的，只是一种振动。

我父亲在哪里？他会说，这是毫无意义的问题；但对我有意义，我刚刚埋葬了我所以为的他，那个坚实而确凿的他——我父亲的坚实的表象，也是我们借以堆叠其余部分的根基。阿特拉斯在雕像中举起了地球，但是，撑起阿特拉斯的又是什么？自古无解的谜题。

我父亲就是他自己玩出的魔法：坚固的实体已消失，但坚实的印象还在。他已化为他的衣物，他已变成他的工作，就好像他已从深邃的暗道进入了另一世，却没有告诉任何人，甚至他自己。我想象中的他充满活力，无所顾忌，在一个更狂野的地方，用体面得近乎闪亮的花招欺骗留在这里的我们。下葬时，那张涂抹过色彩的葬礼面具沿着这里的街道驶向墓园，与此同时，他已将自己重新装配，运到了墙壁的另一边。科幻小说那一套？如果真有平行宇宙，我真正的父亲可能一直生活在任何一个其他宇宙里，留给我们的只是一个扭曲的他。

无限的优雅，无限的可能性，宇宙的仁慈基于其自身的法则无限延展。根据量子理论，机会不只有第二次，还有很多很多次。空间不是简单地连接在一起的，历史不是不可改变的，宇宙本身是分叉的。如果我们知道如何操纵时空，就像时空随意地自我操纵那样，那么，只有一次线性生命的幻觉就将崩塌。如果我们在此时此地的生活并非一切，我们在这个时空的死亡也将不是最终的结局。

我在脑海中把玩这些想法，只是为了让自己摆脱常识，尤其是常识所知的：我身处的地球是平的，还有，我父亲死了。要说死，也许他这三十年来都是死的，现在反而没那么"死"了。信仰老派宗教的奶奶相信有来世，而且来世未必像某些人笃信的那样傻乎乎的，这便是一种慰藉。我是一个只会在扶手椅里空谈的无神论者，但只要我站起来，走起来，就会撞进上帝的怀抱。我不知道上帝是什么，但我把上帝当作一种体现价值的符号。

上帝 = 最高的价值。宇宙会思考，有力量，也有自由。把宇宙塑造成机械性的模型，实际上根本没有依据。在量子宇宙中，天堂和地狱只是平行存在的两种可能。在我们的犹太教与基督教共享的神话世界里，夏娃偷吃了苹果。在与之对称的相邻平行世界里，夏娃没有偷吃苹果。失落的天堂，不曾失落的天堂。反对这种说法是合乎逻辑的，但量子力学对我们的逻辑不感兴趣。我们进行的每一次量子实验的结果都证明了粒子可以同时处于矛盾的位置，一次又一次，恶作剧般令人心惊胆战。

"若问电子的位置保持不变，我们必须说不。若问电子的位置是否随着时间而变化，我们必须说不。若问电子是否停滞不动，我们必须说不。若问电子是否在运动中，我们必须说不。"（罗伯特·奥本海默）

我的父亲在哪里？他的尸身已入土，他不可能既活着又死了。根据量子理论的表述，对每一样物体来说，都有一种波动函数，能测算出在时间和空间中的特定位置找到这样物体的概率。在测算完成前，物体（粒子）是作为所有或然状态的叠加状态而存在的。困难在于，在符合逻辑的常识世界和自行其是、往往不合常规的复杂宇宙之间，在亚原子层面，物质并不存在：没有确定性，不在确定的地方；与其说存在，还不如说只有**存在的倾向**。在亚原子层面，我们这个看起来确凿无疑的物质世界溶为波状的概率模式，这些波状模式并不代表事物本身的概率，而是事物间的关联的概率。阿特拉斯 0 分，阿里阿德涅[①]1 分领先。确凿又坚固的物质组成部分曾被经典物理学置于股掌之间，如今必须回复其原貌：一张无穷尽的关系网。什么会被选中，为什么会被选中，答案依然未知。

波函数的延展无穷无尽，尽管在可达到的最远之处，它只能是微乎其微的稀薄之态。理论上，要在太阳系之外找到我父亲、找到他的能量聚集在别处，这种可能性总是存在的，哪怕希望渺茫。更明显的是，我父亲似乎就在这里，和你和我一样，但波函数也能测算出我们，不受我们身体的边界之限。物理学家界定的我们的波函数，或许就是传统意义上所说的灵魂。在物理性死亡的瞬间，我父亲可能只是转换到了他的波函数上的另一个点。我奶奶相信、我思而未决的似乎只有术语之别了。她希望他在天堂，我希望他找到了继续实现他的可能性的能量。

表示怀疑吗？物理定律关注的是"什么是可能的"，而非"什么

---

① Ariadne，希腊神话中的阿里阿德涅，国王米诺斯的女儿。

是现实的"。

物质和光的特性非常奇特。万事万物都可以是限制在体积（粒子）中的实体，同时又是可以散布到无垠空间里的波函数，这怎么能让我们接受呢？这是量子理论的悖论之一，或是像印度神秘主义者在几百年前就说过的那样："比小更小，比大更大。"我们既是也不是我们的身体。

霍金认为我们应该把整个宇宙视为一个既有明确定位、又是无限延伸的波函数，如果我们接受这个观点，那么，那个函数就是宇宙的总和，囊括了死亡的、活着的、多重的、共时的、共生的、共存的……所有可能存在的宇宙。而且，不能用笛卡儿的老一套"我"和"世界"的辩证法，把"我们"和这个叠加的宇宙割裂开来。观察者和被观察者都在同一进程中。帕拉塞尔苏斯是怎么说的？"银河贯穿腹部"。

你包含什么？死亡，时间，千年之光，在你内部洞开的膨胀中的宇宙。不再局限于体积，我父亲尽可自由选择他扩展到何方。那是他吗，在不一样的天空中，在星星和海星中间？

我就是这样解释这件事的。我母亲喝酒，我奶奶读《圣经》，我的两个妹妹在太多家务事中变得麻木。各有各的麻醉法。麻醉确实能缓解疼痛，但疼痛持续存在，那种下沉的钝痛感，好像我的背被打断了，而且没有得到妥善的治疗。也许，像小狗那样趴在他的坟墓上，我的感觉才会好一点。应该把最直白的事实大声吼出来：没有安慰，没有释怀，必须忍受这种悲伤，直到我耗尽悲伤。我的思绪不停歇地反复练习，好像变成了课本。一遍又一遍，同样的大地，同样的记忆，同样的幸福，说出口的，没有说出口的，最后的时刻，生者的无助，死者的自主。

"他没死。"我对自己说，我宣布放弃这个词，因为它太不精准。

"大卫死了。"我奶奶一遍又一遍地说，仿佛在摇动定局的铃铛。

我们彼此对视，不敢开口，不敢把我们的情绪诉诸言辞，唯恐那些字词裂开并分离。我把舌头顶在上腭上。忍住，忍住，只要有一条裂缝，整堵墙就会倒下。现在，为了阻止这种细菌般的悲伤不断地分裂繁殖，直到悲伤变得像整个地球那样沉重，我需要有所限定，自给自足。细菌：腐败的媒介体。死去的父亲栖身在我的身体里，以我为食，致命的部分已被耗空。我在减少，它在增加。这种疼痛，从我的肠子吃到了我的脑子。还有什么文辞可用？要表露这颗脆弱的心，我还能信任哪些词语？

堵住心和口，压住字和词，让疼痛无以为食。现在安定下来吧，我沉寂的心。我会像父亲伪造生命那样伪造死亡，在那样的统一体上，我们会相遇。

我和奶奶面对面，坐在阴森森的早餐吧台塑料桌旁。我们这样面对面坐着，既常见又罕见。人们所做之事多半普通，人们互相理解却很罕见。每个人都用一套私有的语言讲话，并假定那就是通用语。有时候，言辞靠岸了，港口就响起一阵欢呼，卸下货物，终于长舒一口气，感觉这趟航行很值得。"那你明白我的意思了？"

我想让她明白我。我想找到一个词，哪怕只有一个，对我们两个人来说代表同样意思的词。一个不会限定在、封存在我们各自的词典里的词。"我若能说万人的方言，并天使的话语，却没有爱……"①

"我爱你。"

她点点头："你觉得，我们可以把这些都扔掉了吗？"

她说的是厨房里的东西。早餐吧台很容易拆解，我拧开螺丝就拆下了所有那些胶合板和胶木碗橱，再把方便运输的扁平木板都堆在后院里。我出门买了些煤回来，我们再次点起煤炉，有点脏，黑乎乎的，有烟雾，不卫生，红眼般的炉膛在嘲笑我们。我们把刷洗干净的榆木桌和大梳妆台搬进屋，亚克力地板下面都是磨光了的石砖。

"他们会把你送进养老院的。"我说。

"这就是我的家，也是大卫的家，等我死了，也会是你的家。"

等我死了，这些词直奔未来。至于现在，这还是她的家，按她的方式生活，被夺走的已经太多了。

"这就是我想要的，"她说，"这样我才会记得。"她钻到水槽下面，搬出了浸泡在福尔马林里的小兔子。"是大卫把它装在这瓶里的。"我们把兔子放回到梳妆台上，兔子的长耳朵顶在瓶盖上，微微颤动。

爱承载一切，相信一切，希望万物，忍受万物。爱永无止境。

---

① 《圣经·新约·哥林多前书》13：1："我若能说万人的方言，并天使的话语，却没有爱，我就成了鸣的锣、响的钹一般。"

月亮

THE MOON

失踪，经推断已死亡。

  某游艇从卡普里岛出航后下落不明，最后一次有人目睹该游艇是在 6 月 16 日星期日 18 时。该游艇处境危急，救援行动因强烈风暴而被迫滞后 24 小时，人们猜测该游艇可能正在海上漂流。

  我死了吗？死翘翘、死透透的那种死，彻头彻尾的死，消失般的死，被埋葬的那种死，像渡渡鸟那样的死，像鲱鱼那样的死，像羊肉那样的死，被撇下等死的那种死？

  短波电台一有动静，我们就听到了这则通报。在爆音和静电噪音的间隔里，传出了我们的死讯。乔瓦，戴着头灯，握着螺丝刀，一直在尝试回复，但用那个频率已发不出消息了。我们听得到电台里的消息，但无法向外界传送消息。今天早上，我听了一小段莫扎特，"Madamina, il catalogo e questo/Delle belle che amo il padron mio"。（亲爱的女士，这是我主人爱过的美人的名单。）

  死在他怀里的那种死？我们动身前，我收到了爱丽丝的一张字条，她说会在几天后和我们在港口碰头。但她没有来，乔瓦撺掇我签名，租下这条船。"没什么大不了的，"他说，"就一个船舵和一台马达嘛。"

一开始是一帆风顺的。突突前进的小船，蓝色的潟湖，钓鱼，咖啡，让人安心的海岸线，别的船还跟我们打招呼。落日西沉，血色漫入海面，大海吸饱凝血般的色彩时，我们注意到浅水层的鱼在海浪下面快速地摆动鱼鳍。那时我们还不懂，它们是把深水区作为避难所。大海变得像镜湖一样，平坦得简直可以走上去，那是一片奇迹之海，我们是小船上的两个朝圣者。

"自我发现之旅。"乔瓦说。然而，在小船如火箭般向前猛蹿、重力抛弃我们的时候，我却发现那张署名爱丽丝的字条是乔瓦写的。他靠在固定在甲板上的船用火炉边，求我原谅他。他记起自己是天主教徒了，这才害怕背负着欺骗之罪面对死亡。

"你这个混蛋。"我破口大骂，仿佛身子已埋在碎陶破瓷之下，"你这个愚蠢又自私的混蛋。"我这才发现，爱丽丝没来是因为她的父亲生命垂危，我的心都碎了。

要这样结束吗？爸爸去世的时候，妈妈和她的老板好上了，我本来不该知道的，爸爸也不该知道。妈妈不相信死后有来世，她想要的是在死前拥有她想要的人生。她恨透了画地为牢的日子，像被拴住的动物，只能在封闭的一隅来回踩踏。她的愤怒，爸爸的悲伤，死神到来时，他的心已太虚弱，无法支撑他的身体。

"来找我，"他说，"就像你以前那样，别被你认不出来的外貌所欺骗。"

"我想要自由。"妈妈说，但逃脱的人是我爸爸。

"他是怎么死的？"爱丽丝曾经问过我，那时候，我们似乎要把各自的历史砌成堡垒，以抵御整个世界。那是我们要分享的历史，那是你无法分享到的。

"他让自己失血而亡。"

爸爸去看心脏病专家，发现他的情况很罕见。大多数情况下，衰竭的心脏会增厚，变得肥大。血液沉积黏滞，流通不畅，延怠了身体自我调节所需的抽运、改变和净化的过程。为了补救这一点，心脏会加倍工作。最终，压力就会变得太高。正常人的心跳是每分钟74次，但我爸爸的心跳是这个数字的两倍。他的血液稀薄而狂野，如瀑布一样以高速在他的体内猛冲。心脏瓣膜和大血管都是根据心房压力来舒张的。照理说，爸爸早该爆炸了。他的心脏太辛苦了，用普通的理由完全无法解释。爸爸的体内循环超出了正常人类的极限。血压：血液对其所在的血管壁施加的压力。爸爸的血压是那样强，以至于我们可以看到血液在他的身体里流来流去，宛如动脉和静脉中的潮汐。

脉搏：因由左心房收缩，向已经充满血液的主动脉再输送九十毫升血液，是动脉血管壁可以感受到的一种既扩张又延长的波。我把手指搭在爸爸的手腕上，想给他测一下脉搏，但感觉竟然像是有人用力捶打我的指尖。脉搏跳得那么凶猛，我不得不用拇指摁着，以免食指中指被震得跳起来。

"**尼伯龙根**。"妈妈说着，想到了瓦格纳歌剧中的矮人族，就是他们在《尼伯龙根的指环》中的地下世界敲敲打打的。

我跟爸爸上楼，去放着他的披巾、经匣和宝石的房间，他告诉我，他一直在试验，想推动自己身体的变革，他想战胜物质的幻觉。在 20 年代和 30 年代，也就是他逃离奥地利之前，爸爸曾与许多科学家有联系，他们当时都试图通过量子理论去理解世界的真相。他与维尔纳·海森伯[①]关系密切，海森伯提出了一种奇特的理论：物质可以既不存在又存在，这激励了爸爸埋头研究他自己的存在。他在喀巴拉思想的悖论中发现了新物理学的悖论。海森伯告诉他，每个物体都可以被理解为（有限、有边界、具体的）一个点和（集中在不同速率上无限扩散的）一个波函数。于是，爸爸就想探索：他可不可以顺着自己的波函数随意移动，同时还继续活在他的身体里。如果厚重的物质可以还原为原子，而原子本身又必然会无限分裂，那么，物质性的现实世界就只是概念性的。喀巴拉讲求的方法是将个体从概念体系中解放出来，所有概念体系始终都是暂时性的。爸爸能从他自身逃脱出去吗？他可以成为他自己进出的门户吗？

所以，才有了那些年的喃喃自语、咏唱、祈祷和冥想，才有了珠宝和落满尘埃的旧书，才有了妈妈的煎锅和通宵达旦的谈话。还有哪里比纽约更好？在这座城里，发明之后还有发明，移民谱写自传之后

[①] Werner Heisenberg（1901—1976），德国著名物理学家，量子力学的创立人之一。海森伯于20 世纪 20 年代创立的量子力学可用于研究电子、质子、中子以及原子和分子内部其他粒子的运动，从而引发了物理界的巨大变化。1932 年，海森伯荣获诺贝尔物理学奖，成为 20世纪继爱因斯坦和玻尔之后的世界级的伟大科学家。

还有重写的自传，传记本身已像虚构的小说。虚构的部分穿透现实稀薄的墙壁，被默许为另一种真相。纽约，就是最完美的悖论。稳定又动荡，堕落又辉煌。一座城就是一千零一夜，说不完的故事，听不完的故事，水泥和玻璃建成的这座城，活在它自己的梦里。

*

医生告诉爸爸他时日无多了。要是按照惯例，他早就死了。就身体而言，他过得太奢侈了，维持生命的代价太高了，要是听信每一次预测和每一种指标，他已经死了。唯一反对这种分析结论的人就是爸爸本人。

我们谈着冬季的大雪天，谈着我出生的那天，谈到他的研究，谈到妈妈，我突然意识到他是在与我告别。那时我还是个孩子，我不知道怎样喊停，也不知道该怎样跟他交谈。我非常无助，就像妈妈拿我当幌子，把我带去她和情人约会的地方时那样。不管我怎样想，总会撞进成人的世界。我不属于那个世界。

后来，他送我回家，远离书店，回到我家的公寓。妈妈很生气，因为我回来晚了，误了晚餐，因为她想出门。

整个晚上我都在做梦，甩不开那些画面，画面的局部和碎片，我似乎和爸爸在一起，走在他探索的夜里。只有我和他，城市是红色的。

早上，妈妈去书店后，发现了爸爸。他在自己房间里放了一只白铁皮浴缸，他就在浴缸里失血而亡，干净利落。他苍白得像尊石膏像，血脉偾张的身体静默不动了。在他的生命如我们所知的那样一点一滴流失殆尽之前，他一直在看书。妈妈捡起那本书。是他很欣赏的诗人穆里尔·鲁凯泽 [1] 的新作：《苏醒的身体》（1958），她看了看翻停的那一页。

王的山

这一年的所有城镇中
我曾渴望那另一座城。

这一年的所有房间里
我曾走进一间红色的屋。

我走向的所有未来之中
我望见了一种我无法为之命名的未来。

但我们驶过的这条路
必将转向另一个国家。

我见过白色的起点，
一片弛缓的海，没有光泽或速度，

---

[1]　Muriel Rukeyser（1913—1980），美国著名犹太裔女诗人，政治活动家，她的诗歌涉及女权、社会公正和犹太人。

陆地的移动，是一支绵延低卧的舞。

这是雾国。牛奶。时间之国。

我看到你备受摧残的颜色，风暴的陡立前锋
在无边界的景象中无节制地跌落。

我看到汪洋逆流中海浪的轮廓
上涨，在雾的底色上再上一层雾的水面。
海底的山，弛缓的流动。色彩。空中的破浪点。

在这一年的所有意义里
还将有蕨草般的意义。

它倾斜而青涩地上升，激流穿过星的网格；
在最后一个悬崖之后，减弱的波浪泛着银光，
忘记了我们爱的界限，
这些浪流和洞穴溶解，这些国度的支柱
长长的浪尖溶解在未来里，一种新形式。

　　然后，妈妈哭了，惨烈又悲伤，她背靠血色浴缸，拉起爸爸的手。这是他，她那肤色黝黑、像被烈火灼烧的男人，她爱过他，她记得自

己爱过，这份像记忆一样强烈的爱流在她和他的血脉里。因生活分离的他们，回归于死亡。备受摧残的颜色已被澄清，他们的爱，界限已被划去。她记得她曾经爱过他，爱着他的她已得到了救赎。

我和乔瓦躺在甲板上，听着歌剧的最后一段。唐璜，死不悔改，被拖下了地狱。我们该欣赏他，还是该鄙视他？满口谎言，到处骗人，杀人犯，诱惑良家妇女。就我所知，乔瓦从没杀死过谁。于是……

　　我：乔瓦，爱丽丝还活着，对吧？

　　他：和你我一样活得好好的，搞不好比我们还好。

　　我：你没有把她杀了吧？

　　他：我干吗要杀爱丽丝？

　　我：为了惩罚她，惩罚我，惩罚你自己。

　　他：我不信惩罚那一套。

　　我：你当然信啦。你是个天主教徒。

　　他：已弃教。

　　我：我注意到你昨晚突然开始攻击信仰了。

　　他：我是想一了百了，死个干净。

　　我：那封信就是你的告白书？

　　他：我唯一需要告白的事。

　　我：还有那些女人呢？

　　他：你觉得我为什么要那么干？

我：因为你有强迫症，你神经质，你幼稚，你自私。

他：因为我很孤独。

我：你和我结了婚。

他翻身坐起来。他看起来很老，很挫败。

他：我想继续和你保持婚姻状态。

我：太晚了。

他：是吗？如果我们不能一起生活，至少还能一起死。

我：这就是你的如意算盘？

他：不。不。玩笑话。

我：我丈夫——坟墓边的幽默大师。

他伸手拿起头灯，又去捣鼓电台了。我走下甲板，打扫一下，顺便看看我们还剩下多少口粮。马达和船舱都在暴风雨中被毁了，虽然我们还有船帆，但我俩连怎么展开帆布都搞不明白，就别提迎风扬帆了。我们在随波漂流，在该死的海上，唯一的希望就是有人来救。我们还有四天份的口粮，如果不洗澡，水还够一星期。接着呢？我只能不再去想。

我取出几张纸，开始给爱丽丝写信。我有种奇妙的感觉：假如我不是在给一具死尸写信，那就是死尸在给爱丽丝写信。我们当中，谁活着？

"亲爱的爱丽丝，我不知道你能不能收到这封信，也不知道什么时候能……"我听得到头顶上的动静：乔瓦对着修不好的电路板骂骂咧咧。如果官方认定我们已死，我们认为自己还活着，这还有意义吗？一夜之间就被盖棺论定，我们该向谁去抗议？我们何时才能接受这件事？乔瓦和斯黛拉，经官方认证已死亡。

"你会理解吗？我都不确定我能理解我自己。把你的手给我，放在我嘴上。吻你。唇齿，语言。我的词语化成你指间的泡沫。水和空气。希望。我想告诉你……所以我要潜下水捞起这些词语，把它们归拢到闪闪发亮的网里，当我们神奇地站立于海水中时，再撒在我们脚边。我想告诉你怎样……所以这些被挑中的词语都是给你的，让你品尝，一个词一个词地喂给你。当词语不能保持新鲜感时，就会被腌起来。当词语不够洁净时，就该保持新鲜。词语会沉到很深的地方，任何船都到不了，血管是血液的船，血管爆裂的时候，脑袋里会有沉重的嗡嗡响。要找到这些词语，就在一臂之遥，我的手不可及之处，手一般的珊瑚，手一般的珍珠，鱼。

"我是捕捞珍珠的渔民吗？撬开能言善辩的哑巴的嘴巴？收下吧，溶在红酒里，喝下去，和我说话。珍珠会让你的舌头顺滑吗？如果说得出来，我们会说出多么绝妙的话。还有什么故事必须说？你的眼里有一千零一个故事。如果我们在沙漠里，那就说说干涸的河道。如果我们遭遇地震，那就说说石头。把你的手放在我的嘴上。吻我。舌头，唇齿，字词。把这些词装在桶里，用它们洗漱。如果我们在水里，那就说说咸咸的眼泪。

"我想告诉你有多么……我们之间隔着多么广阔的距离，右舷边的海鸟流畅无阻地展开双翼。你眼中的星辰，你的无穷尽，我探索的女孩——我的银河。你的丰富超出了我胆敢期待的程度。宝藏是传说中才有的东西，你是一座金矿，我的金矿。我觉得你是拜占庭君王会收藏的那种镶满珠玉的鸟，稀有，精美，尽在传言中，但无人亲眼目睹。什么字词能匹配你那样的羽衣？这场爱，就是令人惊奇的双翼。我们真的摆脱了地球引力。如果我飞得太高，离太阳太近，请原谅我。最终，水会认领属于水的东西。明白飞行原理的人是你，是你教我理解了风险的空气动力学。我真该相信你，是我失败了，爱丽丝，但我没有言不达意的痛苦。没有破裂在嗓子眼里的言辞带来的那种痛。要公正地指出我的每一个瑕疵，给我写信。我说出你的名字如同念诵咒语，我在这里留下我最后的话，也像是你的。我想告诉你我有多么爱你。你。"

我把信装进一个空燃料罐里，再盖上我的衣服。我用炭笔把她的名字写在锡皮罐上，我能做到的无非如此。心已干枯，我开始煮意大利面。美食更美味……

我和乔瓦刚结婚那会儿，吃住都在他们家的小餐馆，我们的性爱完美呼应浓缩咖啡机磨豆子、蒸汽嘶叫和削下的帕尔马火腿薄片飞旋的节奏。我们的床是一块大木板，搭在六只巨大的橄榄油桶上，缝隙间塞满了罗塞蒂夫人的纸盒装半成品意大利面。有时候，她或某个伙计会一边大喊**"快点拿意大利面"**，一边快步走上倾斜的楼梯，不管我们睡着还是醒着，不管我们在床上还是下了床，他们都必须从颤颤巍巍的床垫下拖出干意大利面和扁面条，再从火警滑梯上直接扔到楼下等待着的卡车里。

至少，我从来没有做过饭。我们是和整个大家庭一起吃饭的，总共十八个人，再加上两位牧师，围坐在餐馆最里面的长条桌边。乔瓦根本没有钱。那时候他没有工作，积蓄全都给了前妻和孩子。养家的人是我，我给商务人士上德语课，给学生们上英语文学课，那些孩子几乎不知道手上的书有没有拿反。晚上，我俩都在餐馆里干活。罗塞蒂夫人会和让人头痛的儿子剧烈争吵，因为他会用厨房里的黑板来演算他的方程式。厨师想查看顾客订了几号餐，却发现那些数字已融入一组数字，好像要她在草莓奶昔酱配煎鸡蛋上加一份沙丁鱼。

最后，仿佛从灰尘堆里走出来的爸爸的老律师帮到了我们，为即将成年的我办完了遗产继承手续。虽然算不上一笔大钱，但足够让我们安个小家，就此摆脱意大利面产业链的日常束缚。

乔瓦得到了一份在大学教书的工作，我有时间写自己的诗歌了，我们很幸福。我没有发现，早在那时他就有情人了。后来，他说那是因为我在工作，整天都往外跑。后来，罗塞蒂夫人告诉我，她很高兴自己是她儿子的妈，而不是他老婆的妈。"他会改变的。"我说。

风暴横劈而来击中我们的船时，我被飞落的防风灯砸晕了片刻，意识苏醒的时候还以为自己已经死了。船体随时会出现破洞，我就会被淹死。奇怪的是我很冷静，没有任何可能去掌控局面，不可能做出牺牲或扮演英雄，多亏了这更强大的力量，我又变成了孩子。乔瓦紧紧抓住炉子，我紧紧抓住床架，回忆和重新审视如水波荡漾，代替了思考，我任凭自己漂浮其中。我没有和他说话，也没有听见他说的话，虽然他一直在说，直到他说出爱丽丝的名字。这时我才回到自己的身体里，在死亡之外，恨着他，还想要活下去，只有活着才能惩罚他所做的一切。

几小时后，暴风雨兵分两路，咆哮着远去，一路向西，一路向东，把我们留在空当里，海面再次平坦，我们重获平衡。我的手臂疼得动不了，完全僵硬了。我试图松开床架上的铁栓，却无法松开手指。乔瓦不得不掰开我的手指，帮我坐起来，但我的双臂仍像在梦游中一般，僵直地伸在身前。

风暴过后，就在我们重新安于风平浪静，再次肯定自己是温暖的、确实的、呼吸着的时候，我们听到了电台里的通告。似乎已过去了好几天，被风暴的魔爪随意摆弄，没有生，也没有死。我们还活着，但讽刺的是，官方认定我们已经死了。

"也不一定，"乔瓦说，"既然是'推断'，就还有机会。等云散了，他们会派直升机过来的。"

"辉煌的太阳升起
不昏暗也不赤红，像上帝头顶的光轮。"

和妈妈坐船回汉堡港的路上，我就能背出柯勒律治的《古舟子咏》

了。诗中，无情的水手射杀了象征吉兆、友善的好鸟信天翁，我曾想过，爸爸也会像信天翁那样追随我们的船。因为爸爸的死，我曾怪罪过妈妈。假以时日，后来的我才能更懂一点：他们爱得如此艰难。在跨洋轮船上，我曾在甲板上信步漫游，放眼寻找爸爸，正如他嘱咐我的那样。

*

云层散开，太阳升起，碧空如洗。今天或明天，我们就将得救。

救我。我靠在桅杆上，船帆像银行家手中的伞那样紧紧收卷着，像是在嘲笑我们。亟待拯救的危机之一似乎就是人类的现状。来救我的会是你吗？会是今天吗？世界会在熠熠生辉的颜色中展开吗？是苯胺蓝，深靛蓝，还是万里无云的天空的那种蓝？应该会吧。彼此最深切的恐惧。彼此唯一的希望。我伸出手，又同时抽回。我做出好决定的概率有多大？我们用精美的面具和长袍哄骗彼此。我用谈话、金钱和机智装扮自己。不管即将赢得你心的是什么，我都愿化身为它。我把自己假扮成你的拯救者，只有这样，你才能成为我的救星。

自给自足？故事大概会这样讲，但两个人划船总比一个人快，我想尽快离开这里，你也是。乔瓦，爱丽丝。你想加入谁的名字都可以。总有路可走。崭新的开始，把我们从渺小中拯救出来，我这胡拼乱凑的一生。

也许乔瓦比我更能面对真相：不会有人来救我们，谁也不会来。出海的小船要么不可避免地返航，要么就沉没。他说他很孤单。他不相信他会得救。他像个被迫上桌的赌徒，并不指望赢一把。他说他的谎言可能才是诚实的唯一表现。假如他没有和我结婚，我倒可以在这一点上向他致敬。

"我必须试一试，"他说，"我现在就要试。"

我可以从他的绝望中看出来，尽管他在逞强，然而他并不认为会有人来搭救我们。我的沉默让他不自在，也令他迷惑。他把所有时间都耗在捣鼓电台上，要不就钓鱼，或是把坏掉的船舵勉强拼装起来。忙完一通后，他会一屁股坐下来，要一杯咖啡，而我端给他的咖啡一杯比一杯少。

"我头痛。"我对他这样说，多少算是一种解释。我被跌落的灯砸中后，一度认为砧骨（中耳小骨）受损了。我很容易失去平衡感，还会幻听。他担心我疯了，但我并不疯。我曾受过别的伤，而他就是伤害我的人；我曾受到伤害，而他就是伤害我的人。对他来说，担心我疯了，反而更容易一点。

怪他吗？不，我不怪他。我到这儿来是出于我的自由意志。这么多年来被欺瞒，也都是出于我的自由意志，暂且不论所谓自由意志是什么。

入夜，天空暗沉为铅灰蓝色。拂晓，泛出脱脂牛奶般的极浅之蓝。笼罩着我、隔绝太多感知的硬膜开始溶化。安度一生需要有一点迟钝、一点遮蔽，否则该如何忍受哪怕一天？恐惧和荣耀都会让我无力招架。爸爸曾讲过燃烧的荆棘的故事：上帝化为一团烈火在摩西面前现身。

摩西要求面对面看到上帝，上帝告诉他，哪怕只是瞄一眼、哪怕只是一瞬间，只要摩西这样做，就会死于上帝的美和力量。"谁能仰视上帝并且存活？"对爸爸来说，这是他信仰的宗教的终极悖论，没有上帝就没有生命，但靠近上帝就意味着死亡。爸爸想拓宽知觉的通道，在感知力的界限之内尽可能地去洞察。和所有神秘主义者一样，他用禁食和剥夺感官的办法去扩展思维，同时磨炼肉体凡胎。有些人会说，他幻见的异象、狂喜迷醉的感觉不过是生理上的病态表现。是否病态我不清楚，但我知道，我自己也能偶然看到，仿佛他是透明的，我可以透过他看到宇宙中的欢欣跃动。现在我也能看到些许迹象，因为我的屏障已坍塌，我的防御已被摧毁。如果我千方百计要自救，我应该会害怕，但拯救自己分明已是过去的事。如果现在就是我此生的最后时日，那我宁可直视恐惧和荣耀，决不闪躲。

"我害怕。"乔瓦在夜里说道。

我们处在极其诡谲的境地，明明看得到陆地，却无法到达。没有舵，也没有马达，我们就无法操控这条船，潮水会把我们推向陆地，近到足以看到一溜儿浅滩和水湾的完整轮廓，但几个小时过后，海潮又会把我们推远，远到只见一片迷蒙的水影。

迫近岸边却不得上岸，这让乔瓦坐立难安，他建议我们游水上岸。如果那块陆地根本就是荒岛，我们没有食物也没有水，那该怎么办？他建议我们使用船帆。如果没用对，反而让风把我们吹得离岸更远了，那该怎么办？

我：我游不到那么远。

他：那我游过去，我去找帮手。

我：行，你游吧。

但他不肯走，在船边犹豫起来，试图利用桅杆下的太阳的影子来计算到岸边的距离。

他：肯定很快就有人看到我们的。

没有人。我们好像漂过了世界的尽头，又流进了一部科幻电影里的海。我们看不到别的船只，看不到飞机，在残酷的远方的悬崖上也看不到任何活动的影子。一开始，我们是优雅地出海的，沿着一连串美食美酒取之不尽的渔村航行，现在呢，暴风雨把我们扔进了沙漠一样的大海。

"我们怎么可能在无名之地？"乔瓦说，"地球上已经没有那样的地方了。"

"也许我们的航行已穿过了你们所说的某个虫洞，并且从另一个平行宇宙中冒出来了。在这个看似和我们的宇宙一模一样的宇宙里，根本没有人类。"

他愤怒地转过身来："愚蠢，愚蠢，愚蠢。根本算不出这种概率，像这种规模的量子大型转变实际上根本不可能。"

"实际上？"

他：我们在海上，在意大利，在这个地球上，在这里，在现在，我们都活着，并且会得救。

他冲着电台踢了一脚。表盘掉了下来。

"管它呢？"乔瓦说，"反正它已经历了不规则振荡。"

　　我们的每日用水量已减半。我们在日头下暴晒，吹着热风，海盐导致我们浮肿，同时又脱水。我们轮流在甲板上观望。我靠着桅杆坐。乔瓦在船舱里盘腿坐，意志坚定，尽其所能地保持斗志。我们都开始胡思乱想了。

　　我：如果这是一部电影，我们必须在片尾获救。

　　他：这不是电影。

　　我：不是。

回复到尴尬的静默中。

　　我：乔瓦，如果我死了，你没死，你可以为我做件事吗？

　　他：什么事？

　　我：我的脊椎下端有一颗钻石。它属于那个犹太人，你在港口注意到的那个人。

　　他：什么犹太人？

我：穿长大衣的德国犹太人。

他：你是说那个一身黑的男人？

我：如果我死了，你必须把钻石取出来，给他。

他：斯黛拉……

他停下不说了。他用一种"躺下吧，喝口甜茶，睡个好觉，疯人院，请多体谅"的眼神看着我，仿佛那是锁住舌尖的大铁门。乔瓦认为我疯了。这会把我逼疯吗？官方已宣布我死了。这就说明我死了吗？能把事实与理论统一起来的阿基米德支点在哪里？在身体里？在身体外？从哪个视角体察我的存在才是恰当的？

他：帮我钓鱼，好吗？

我点点头，像花园小矮人一样拉起鱼线。我好像得了精神性失用症：无法主动完成有目的的动作。像爸爸那样，我坐在甲板上凝望世界，可见的和不可见的世界。

太阳，金色圆盘，海浪，弧形的浪尖。太阳像一把圆锯，切割着蓝色的海面。被阳光切割的海面上浮着一条船，船上衣衫褴褛的人很安详。

跳跃的海鱼护送着我们，尖叫的海鸟在头顶守望着我们。夜里，我们的白色甲板在黑色空间里，像是给月亮标明的着陆点。月光照进舷窗，照在我们床架上的被单上。我们躺在月亮下，眼窝凹陷，盛满了月光。

月亮，塔罗牌第十八张。神秘的月光普照荒漠，两条狗仰头嚎叫。牌面下端有一只鳌虾，远古的动物，身负铠甲，从一潭蓝色的水池里举起它的鳌。

"我们迷失了，乔瓦。"

"还没有，现在这么说还太早。"

他：你记得第一个登月的是谁吗？

我：我们在佛蒙特。

他：遍布夜晚的不是时钟，只有橡树。

我：那棵橡树准有两百岁了。

他：你说过，"它还会再活两百年。我们为什么要着急？"。

我：《独立宣言》之后，我们就一直在泥地上做爱。

他：战争、帝国和帝国的灭亡都没能打扰我们。

我：那就好像我们一直在做爱，还要永远做下去。

他：我们翻过身，去看宇航员，穿着他那身大笨钟似的宇航服笨拙地迈出来，为美国国家航空航天局捡几块石头。

我：那是历史。

他：你赤身裸体，夜里很凉。

我：为了一块石头，飞得可真远啊。

我们在各自的单人床上，他的手朝我伸来，那么熟悉的胳膊，结实得像铁锚。他的声音就是港湾。

　　他：历史没有味道。

　　我：因为味道，我们才怀念当时吗？

　　他：吸气，呼气。过去不像现在这么臭。

　　我：过去的我们更快乐，还是我们现在在假装？

　　他：我们在假装。

　　我：你说过，你爱的是我的气味。

　　他：隐匿的弗洛蒙世界。

　　我：胳肢窝里的色诱者。

　　他：扶手椅里的唐璜。

　　我：你母亲从罗马郊外的森林里买到了松露。闻起来有泥土、
腐木和汗的味道。

　　他：他们现在用机器挖松露了。

　　我：猪只是猪排了。

　　他：他们现在用机器给人配对。

　　我：爱就是金钱。

　　他：我不知道什么是爱。

　　我：你从来不等，等得够久就知道了。

　　他：耐心不是我的恶习。

　　我：并非所有实验都能在一夜之间得到结果。

　　他：你为什么把爱和性混为一谈？

我：你为什么总把爱和性分开？

他：我们要把人生最后几个小时用来争论吗？

我：是的。

他笑出声来，从床上一跃而下，跪在我的床头。月光下，我很可能误以为他是身穿闪亮盔甲的骑士。他的 T 恤是荧光色的，他的胡子长出来了，再诚实一点地说：大胡子几乎爬满了他的脸。他的眼睛和牙齿像狼一样闪着光。穿着闪亮盔甲的骑士既象征安全，也代表威胁，那就是他。拯救的戏码掩藏了拯救的寓意。

他：没东西吃了。

我：没了。

他：你想吃我吗？

我：什么？

他：我可以肯定，你不会反对割掉我的某一部分。

我：别这么说。

他：不，说真的，能怎么办呢？一个人两腿一伸，另一个活下来？吃掉我的多少部分，还能说我活着呢？两条手臂，两条腿，切片臀肉。你的祖父是屠夫，拿我开刀吧。

他伸手去拿弧形刀背的切鱼刀，递给我，然后撅起屁股。看他这副模样趴在月下，我笑起来，一开始是轻笑，接着，随着我头脑里的疼痛越来越凶，笑得也越来越响，越来越刺耳。他也开始大笑，我们真像一对豺狼啊，蹲伏在地，对月哀嚎。

　　船极其平稳，几乎没有摇摆。我俩一起滚落，半个身子跌下去，半个身子顺着楼梯爬上甲板。他抓牢我，浸饱咸腥的下体径直插入，污浊要留在我的尘土中。我伤痕累累，数日未洗，干涸又紧闭。一股涌动，滴落在我的大腿内侧。

　　我抓住他不放，抓住我们之间的那些年月，如同镌刻在他的背、他的脊椎上，二十四节各自独立、各自动作、无须对称的骨头，对应着我们共同生活的那些年月。

　　等他的推力停止时，我们都静默不动。他把头靠在我的肩窝里，我觉得他在哭。不是咸腥的海水，而是这几滴泪水让仅存的希望彻底倾覆。我想到爱丽丝的手，手指又长又细如叶脉。我想到我们在佛蒙特做爱时飘落在我背上的树叶。那是和爱丽丝？还是和乔瓦？

　　彩色玻璃碎片，扇形四散，我的脑海里弥漫着一种剧烈的摇摆感，在两个极端来回晃，头脑的救生衣已丢失。让我有安全感、让我浮在水面上的东西也将我孤立，但现在已被彻底剥除。现在的我暴露无遗，在这片漂泊无定的大海中，我的辨别力、鉴别力都成了无用的工具。起点在哪里？终点在哪里？地平线在哪里？陆地在哪里？月如尖钩，在我头顶荡来荡去。船如刀刃，在无意识的海面上，意识的锋刃意味着危险。无论那是什么，都比你想象的更深。无论那是什么，都莫测高深。我所在的点，也就是时间轴上极为明确、有所界定的点，正在开始分崩离析。我正在驱散自己，散进我已知的过去和我未知的未来。现在，已没有意义。

这是活着吗？这一切都活着吗？我非常确信，我已失去所有别的世界，正如所有别的世界已失去了我。我知道，此刻的我如同在阴云遮蔽下，难以驾驭，不再完整。对一束光波来说，我已经死了，我拥有的一小圈时间完全被他所束缚，是**他**吗？我该称他为路西法吗？光波之王？**轻快地，轻快地**，跟上上帝的稳健脚步？

我发现自己长久的过去像石头中的化石，堆积在这具肉身中。如此决然地移动、最终陷进石头、凸显成浮雕的究竟是什么？化石保存了蕨类植物的样貌，但它们不会再生长。缠卷中的生物很安全，永固在安全状态中。会有什么风险？什么样的变动会没有风险？我该把自己的骨头融释在这些波浪中，总好过死死地沉在这具石头般的肉身中。现在，肉身对我来说太沉重了。肉身之外的才重要。我不能随心所欲地举起手或腿，容忍痛楚的保险丝已熔断，我的头脑里只剩下烟花绽放。我是谁，这一感知既在增强又在弱化。爸爸说过，"要学会记住你的真面目"。他从不照镜子。在月球采掘船上挺直黑漆漆的身影向我划来的人，是他吗？

爸爸！爸爸！是的，他看到我了。眨眼间他就会到我面前。

爱丽丝。我的呼唤越过水面，划成一道明快的弧线，飞向她所在的方向。多少距离？怎样测算？除了瞬间的一念，再也没什么能让我们分离。亲爱的姑娘，我要说的就是这些。倾泻而出的词语溅落在我们脚边，你收到我的信了吗，我扔到海里的讯息？我要告诉你的是，我们是合二为一、清澈至极的幸福。

现在，一切何其简单。我好像在翻转身体，准备爬出这个世界的子宫，我的双手双脚在温暖的膜壁上弹来弹去。

我出生的那个夜里，天空中缀满繁星。颗颗钻石深嵌在地球的外壳上，深嵌在星辰壁垒上的钻石。如其在上，如其在下。结晶碳在我偷走宝石的身体里静谧冥思。婴孩诞生时，带着最后一处有待弥合、钻石形状的裂缝，就在囟门里面，头颅顶端。那是一道喜欢声张的伤口，总是拒绝骨化。我们曾是、将是怎样的星尘啊？独一无二的历史载体，这脆弱的人类细胞里投入了整个宇宙。

钱币侍从

KNAVE OF COINS

我必须动手。她死了，她已经快死了，否则我不会那么干的。就算我不那么干，她反正都会死的。我动手了，因为我必须那么干，否则还能怎么办？

　　她是在暴风雨过后开始抱怨头痛和晕眩的。孤绝的海神，带着不太自然的平静，似乎在凝神关注她，放大她的一举一动。我千方百计地想让我们得救时，她却像佛陀般靠着桅杆静坐。心理学家会称之为**心智水平下降**，她好像被镇住了。

　　被什么镇住了？我妻子的家族有精神病史，她的父亲是个怪咖。他为自己构建了一个封闭的世界，不与现实世界发生关系，危险地隔绝偶尔与人类的接触。我年轻时和别的小伙子一样，总喜欢去时代广场附近的红灯区。那儿的姑娘又干净又便宜，那儿是少年的启蒙之地。我和几个哥们会一边聊政治一边排队。那是 50 年代中期。有很多动荡的因素，但深夜胡混至少不会被视为"反美活动"。

　　以前，我总看到我妻子的父亲走过时代广场，走在漆黑的夜色里，像个商人似的拿着毛毡手提袋。他自言自语，有时候还会莫名其妙地突然停下来，从来不看别人一眼。他会牵着女儿到处走。

在她家里，父母分房睡。他大部分时间都待在书店里，那是他糊口的营生。就连书店里的窗户，都好像很厌恶阳光。

我妻子的母亲有个情人，那个英国人，来美国掌管某个航运公司的某条航线。我认为他的名字是平克顿，也可能不是。他为了正房太太回国时，乌塔一蹶不振。之后没多久，她那位疯疯癫癫的丈夫，犹太人以实玛利，就自杀了。我始终不知道是怎么回事。也许我听说过，但我忘了。

母女俩回了柏林。九年后，斯黛拉回到纽约，手持一把博伊猎刀，径直走进我家的餐馆。我不得不解除她的武装，她很脆弱，很温顺，在一个沉睡的世界里显得太过警醒。我被她的能量所吸引，完全没有意识到那其实是某种形式的疯狂。她父亲也曾经很吸引人，我就时常跟在他身后，跟踪一整夜。我为什么要那样做呢？

我以为，只要斯黛拉和我住在我们家，用一种寻常百姓家的方式生活，她大概就能重新获得平衡感，她需要平衡和平静。毕竟，她是在雪橇车上诞生的。

我们都有美梦，都有幻想。健康的社会会将那类妄想转移到运动、英雄崇拜、人畜无伤的私通、攀岩和电影中去，不健康的人却会把自己的美梦和幻想想成确凿的事情。另一个世界。他们不知道怎样把自己那种具有破坏力的潜能弱化为一种井然可控的常态。我的妻子相信她有某种内在宇宙，和她在现实世界中的日常存在一样既合理又必然。她无法分清主次，无法认清现实的首要性，这让她的反应越来越主观。

她拒绝明确地区分内部和外部。她对自己没有确切的把握，也不能确定她和别的事物的关系。一开始，我把这种异常误以为是普通女性的特点。

我必须动手。她死了，她已经快死了，否则我不会那么干的。就算我不那么干，她反正都会死的。我动手了，因为我必须那么干。否则还能怎么办？

我很赞成有机自然观：共同参与的共生结构，和牛顿的机械论毫无相似之处。每一天，我的工作都会让我惊叹，我对所有看似指向真相、但不符合现实的理论都保留怀疑态度。物理学不能操纵证据，要么是一门诚实的科学，要么就完全不能算是科学。你可以称它为炼金术、占星术、弯勺异能、痴心妄想。我很喜欢这些神神道道的东西，还有一种神秘主义倾向，可悲的是，我在物理学界的部分同人也有这种倾向。宇宙没什么神秘可言，只是有些事物我们尚且无法解释，仅此而已。

物质是能量。当然。但就一切实用目的而言，物质就是物质。我的话可信，但也别尽信。把你的脑袋朝砖墙上撞。量子物理学所涉及的变化多端的现实事实足够真实，但还没到影响我们日常生活的层面。我每天都和它们打交道，但我和你一样，仍然需要洗内裤。假设我们附近有个平行宇宙，我在那个世界里可能永远不必洗内裤，但在我到达那个世界之前，没有任何神秘组合能掩盖内裤的臭味。

她：为什么不加入"地球是平的"俱乐部？

他：地球不是平的。

她：就一切实用目的而言，就是平的。

他：完全不是。

她：就我的各种目的而言，唯一的、客观的现实世界是不够用的。

他：可你还是得洗内裤吧。

她：要不要加入"脑袋是空的"俱乐部？

在一个沉睡的世界里，斯黛拉太警醒了，她从来都不明白，让沉睡的狗好好躺着才更好。这个世界还没准备醒来，这个世界仍在星辰的覆盖下沉睡。我摸着她的脸，她的眼帘颤动着，眼泪就在下面，那痛苦的所在。别再哭了，别再痛苦了。我会像覆盖你的愚蠢、我的愚蠢的夜色那样温柔。世界是真实的，而且伤害了我们。既然你的多重世界已被压缩进了这道砖墙，你还相信那套说法吗：征兆，阴影，奇迹？

她撞伤了头，这一击让她脑震荡了。迷失的波塞冬在我们寂寞的大海上，她不让我游水去求救。她不肯尝试钓鱼。饮用水喝光后，我抽干了马达才活到现在。抽出了几品脱的油性液体。刚好足够延长我的性命，但还不至于把我毒死。要是她再坚强一点该多好啊，再坚强几天而已。

*

我必须动手。她死了，她已经快死了，否则我不会那么干的。就算我不那么干，她反正都会死的。我动手了，因为我必须那么干。否则还能怎么办？

　　她一直在说钻石的事。我们刚结婚时，她就跟我讲过她母亲偷吃宝石，我倒是可以相信这事，因为乌塔很喜欢珠宝。我甚至可以相信吞钻石、取出钻石的部分，但我不能接受斯黛拉的腰臀部位里面藏有一颗钻石。她给我看了一张 X 光片，没错，是有一颗豌豆大小的东西，但在我看来，那更像是一颗子弹，也许是某个熊孩子的气枪走火所致。我和两三个医生讨论过这件事，他们都信誓旦旦地说，那是不可能的。我不介意我的妻子跟我胡说八道，我担心的是她什么时候不能再区分幻想和事实。

　　也许，写一封关于爱丽丝的信给她是个错误。确切地说，是假冒爱丽丝写信。为了揭穿一段婚外情，为了让她震惊，我想让她恢复正常的意识。

　　她加入了这个游戏，虽然我认为这对她而言并非儿戏，但我很惊喜，很兴奋。我想知道接下来会发生什么事。

　　一夫二妻三人行？我想是这样的。我想看到她们在一起，我自己变成隐形的第三人。我观望她们在酒吧里碰头，跟着她们去了餐馆，再跟着她们走到了巴特利公园，再看着她们走进我家的公寓。想象她们会做什么。奇怪的是，我从没想过她们竟真的会付诸行动，她们之间的性纯粹是意料之外的事。我犯的错误在于，我以为自己可以控制实验。我不会再犯这种错误了。这一次，它差点让我搭上性命。

是的，我的性命。你吃什么，你就是什么。没东西可吃了。我一直在脑海中倒带，回想和爱丽丝共度的那个夜晚，她坦承她想和一个女人做爱。当时，我们在吃肝。肝。结果，我再也甩不掉关于肝的念头了。斯黛拉和我吃完最后一块奶酪饼干时，我正垂涎不已地想吃肝。我相信你知道：肝是最大的内脏器官，重量在两到五磅之间。当我看着斯黛拉时，我看到的就是她的肝。

我必须动手。她死了，她已经快死了，否则我不会那么干的。就算我不那么干，她反正都会死的。我动手了，因为我必须那么干。否则还能怎么办？

我们做爱了。那天晚上，我们很亲密。我们一直在谈论和争论，一如往常。斯黛拉那一族人的基因构造决定了她们天生擅长争论。甚至他们的上帝，耶和华，在大半本《旧约》中就经常与某人争辩不休，时常就是和他自己争。我的族人话多，和我们的葡萄藤一样多。我们有自己的主见，只要我们愿意，想变就变。今天蓬勃旺盛的东西，明天或许就被修剪了。到那时候，就没什么能旺盛了。所以，斯黛拉和我争辩不休。这是我们亲密的方式。

我们做爱了。我一直在和她开玩笑。曾经的那个她再次闪现，然后又被大海接手，我又够不到她了。她让我把钻石还给犹太人。我想让她闭嘴。那种话让我害怕，天知道，那时我已经被吓得够惨了。当她说我们可能刚好漂进了某个三不管的禁区时，我差一点、就差一点点要相信她了。我们这种绝境简直太离奇了。感觉就像我们从大海航行到了星星上。为了保住自己的理智，我用一把渔刀在自己的手臂上划出小口子，只要感觉得到疼，就说明我是真实的，我还活着。"我思故我在"之说已不再有意义。还有一种频繁出现的、令人不爽的感觉：有人在想我，我是别人思考的对象。这是常见的衰减效应。

夜晚凉爽而沉默，月牙如刀。海水冲刷船身，发出一种酷似我母亲用的火腿切片机的声音，嗖嗖，嗖嗖，锐利地切下粉红色肉片，易如反掌。我沉入了一种特殊的梦境，几乎可以说是灵魂出窍，我觉得应该说是：饥饿的灵魂恍惚出窍，梦里，我又变成了孩子，母亲正在喂我。有一盘新鲜的橄榄和面包，嗖嗖，嗖嗖，她把火腿切片搁在我的盘子里。乌塔最喜欢火腿了，以前，她总是星期六来到我们餐馆，那是犹太人的安息日，她会吃整整一盘犹太人禁忌的猪肉。斯黛拉总是拒绝，她妈妈只好给她点意大利面条。小斯黛拉，一根一根地吃那些苍白的琴弦般的意大利面。乌塔，张大嘴巴，与她的美貌和精致形成鲜明的对比，美食带来的每一种美好感觉都掩饰在她获得疗愈的幻象之下。她吃完帕尔马火腿这道菜，又点了猪肝炒洋葱。

我醒了。我能闻到猪肝的味道。我半趴在斯黛拉身上，直起身来。她在说话，在说什么？又是关于钻石的事情。我说，**别说了，别说了，**但她好像听不到我，好像我的声音，那么响又那么嘶哑的声音被人从上面夺走了，而她，静静地躺着，把她的词语瞄准我空空如也的肚子，每一个词都像狠狠的一拳。

我希望她安静下来，说到底，这是为我们两个人好，我准是把她抱起来了，她像洋娃娃一样僵死着，却仍在说话，我也准是放了手，让她的头落在了泡得开裂的木板上，还是说，肿胀得开裂的其实是她的头？我说，**别说了，别说了**。

之后的她很安静。

我切得非常小心。我的动作像外科医生，并不像屠夫。我的刀像激光一样锋利。我是怀着尊严这样做的，尽管我很饿。我只有这样做，才不会让我或她有厌恶感。她曾是我的妻子，我曾是她的丈夫。我们是一体的。我以我的身体崇拜你，无论疾病或健康，无论顺境或逆境，直到死亡让我们分离。直到死亡让我们分离。

我从骨头上割下肉，吃了下去。

我必须动手。她死了，她已经快死了，否则我不会那么干的。就算我不那么干，她反正都会死的。我动手了，因为我必须那么干。否则还能怎么办？

恋人

THE LOVERS

我和母亲登上了"伊丽莎白二号"豪华游轮。充满欢乐和幻想的春季航游，每一天都标明配有殡葬业务。船上有一位殡葬师，但通常没人需要他的服务。

　　我母亲本打算和我父亲同去香港游玩。那是他退休福利中的一个项目，现在却成了带着愧疚的特殊福利：延长航行距离、延长一个月，并有家庭成员的陪伴。

　　我同意陪母亲先去瑟堡、卡普里岛，最后到达纽约。上了船后，我让她服用镇静剂后上床休息，接着再去驾驶舱拜访我父亲的老友，亚哈船长，他是我儿时心目中的冒险家。等他的时候，我闲着没事，顺便看了看海事布告栏。

*

失踪，经推断已死亡。

　　某游艇从卡普里岛出航后下落不明，最后一次有人目睹该游艇是在 6 月 16 日星期日 18 时。该游艇处境危急。救援行动因强烈风暴而被迫滞后 24 小时。人们猜测该游艇可能正在海上漂流。

这是恶作剧吧，只能是恶作剧。我的想法，以及与之不相上下的我的恐慌、我的怀疑、我的憎恨，全部向东飞去，急不可耐。不管他们在哪里都该安全无恙，停泊在他们的爱情中。他们已经知道我父亲快死了，并且抛弃了我。

失踪，经推断已死亡……不会是真的，不会是真的，她不可能已经死了，我的直觉仍与她相连。现在，并没有与未来切断关联，血槽还没清零。死去的绝不是斯黛拉，不是游戏人生的斯黛拉和乔瓦。死去的是我父亲，我父亲去世了。我父亲死了。再说一遍。再说一遍。在一个敞开的坟墓中，会有死者堆积在死者身上吗？

船长来了。他会告诉我实情。船长年纪和我父亲一样，身材也和我父亲一样，和蔼又可靠，完全不像他脚下的那片海。不再耍花招。不再有谎言。他会说出真相。

我拥抱他的时候，心里在想："是约定自杀吗？"乔瓦最喜欢华丽招摇的大结局，斯黛拉无法招架别人的诱惑。乔瓦像铀一样不稳定，斯黛拉是活生生的裂变。

我呢？闭锁在垂下的百叶窗后面；沉重，柔软，灰蓝色，不快乐，愚钝的我。

*

　　伦敦，在我和母亲离开南安普顿港的老家前，我走进了父亲的房间，打开了橱柜最顶层的抽屉。丝绸方巾都在抽屉里，俗艳，华丽，静待亮相的机会。他的手表也在其中，如今哑了，指针不再走动。

　　我坐在地板上，用手指捋着丝巾，感受着它们的重量，它们的顺滑，一边想念着他。我在抽屉的最深处发现了一捆信件，每只信封都盖着柏林的邮戳，整整一捆是用一条陈旧的红色丝绸领带扎起来的。我看了看签名。

　　"爱你的乌塔。"

　　"永远不要把你的爱情告诉所有人。"我父亲在阿冈昆酒店，用一个女人留下的红色丝绸领带束起了衣领。

　　我是我父亲的女儿。

　　船长向我保证，他一定尽全力去找。我走回我的船舱时，隐约怀着一种既有希望又已放弃的心情。隐约，是因为似乎已没什么能刺穿我的麻木感。我心底积攒悲伤的角落已经满溢。痛苦无处可去，我盛不下更多眼泪了。新一轮痛楚，不见得意味着更多的痛楚。疼痛已存在，我在其下几乎窒息。

　　我忍不住回想阿冈昆酒店，我和系着领带的父亲，我和全副武装、唯恐受伤的斯黛拉。快睡着的时候，我几乎分不清哪个是我，哪个是我父亲；哪个又是乌塔，哪个又是斯黛拉，把一件事和另一件事区分开来的时空距离是否已折叠，两个钟面是否已贴在一起，时间之轮已同步？

看看太阳吧。你看到的太阳，其实是过去八分钟前的太阳，阳光需要八分钟才能从太阳抵达你的眼睛。

看看银河吧。你看到的银河，其实是数千年、有时甚至是数万年前的银河，只有当光线抵达我们的肉眼时，我们才能看到星云间的爱恨离愁，星辰之光有能力达到每秒 186,000 英里的速度，有能力穿越几个世纪的历史，但对我们来说仍是黑暗的，距离真的太远了，空间和时间变成了时空。

一个事件，需要多长时间才能抵达我？我以为我是在场的，我以为我什么都明白，但必须在后来，在一片没新意的炫目强光中顿悟，我才能真正领悟到之前发生的事情是何等重大。只有在当下，我才能开始认清自己的过去。

"看着我。"乔瓦站在我身后，我们的身影倒映在船上的镜子里，也是在这条船上，他的嘴像一把剪刀，切断了我的决心。我转过身，不再看镜像，而是去看他，于是，他吻了我。我闭上了眼睛，人是在接吻时闭眼睛，大概就是因为这一点，事件之光才会花那么长时间抵达我。我终于开始看清楚了：我做了什么。

我等待的时候，没有词语出现，我开始玩一个毛骨悚然的游戏。如果他们两人中只有一人还活着，我希望是谁？乔瓦夺冠？斯黛拉胜出？且不提我们共有的那种贪婪的爱，我到底爱他们中的哪一个？这场游戏不仅可怕，还带着一丝苦涩，因为我猜他们都没有选择我。

上个月，在我们的全体成员大会之后，斯黛拉给我看塔罗牌的第六张：L'amoureux，恋人。一个年轻人似乎想在两个女人间做出选择，丘比特，箭，越过他的头顶。

　　她：永恒的三角关系。

　　我：三是个很阳刚的数字。奇数都是阳性的。

　　她：还是应该反过来说：阳性的都是奇数？

　　我：是我不对。

　　她：是我们的不对。

　　她看着牌面。"我在想，也许，两个女人正在努力，想为她们自己做决定，而那个男人丝毫没注意到这件事。"

　　我：你有什么感觉？

　　她：别再把感觉想成是你必须穷追到底的东西。

　　我：等我感觉不到了，我才能更好地说出自己的感受。

　　她：任凭死人埋葬他们的死人？ ①

　　我：我不是那意思……

　　她：我知道。我已经下定决心了。

---

① 语出《圣经·新约·马太福音》8：22。

我：什么决心？

她：这是我自己的决定。不是为乔瓦，也不是为了你，是为我自己。这是重新开始的唯一正确的方法。

我始终没能明白，她下了什么样的决心。那时，她安排好了和我第二天碰面，但我接到母亲打来的电话，所以，从那以后我没有再见过她。

长夜，多梦，我在黑暗的天空里蛙泳，天暗得完全没有一丝光亮。我翻个身变成仰泳，双脚踢水，保持平衡。我看到星星都被兜在帽子里，帽子翻倒，星星向我倾坠。我抬起手臂挡住了脸。

"斯黛拉！斯黛拉！"谁在碰我？我在沉寂的夜航船上醒来。两千五百个灵魂，而我孤寂一人。

清晨，天上满是飞鸟，我听船长说，那艘游艇就是我们的游艇，已经有过一轮彻底的搜索，但什么都没有发现，没有残骸，没有尸体，没有漂浮的物品，没有信号。那片水域里的渔船和巡洋舰可谓星星点点。这艘游艇不可能凭空消失，但它偏偏就是不见了。

恒星坍缩的过程中，星球表面的重力会变强，由于光束在重力作用下弯曲，恒星周围的时空就会变得越来越弯曲。最终，这颗恒星到达一种状态：任何东西，甚至光，都无法摆脱它。在恒星周围形成了事件视界[1]，阻挡任何信号抵达黑洞外的世界。我们知道它应该在哪里，

---

① Event horizon，天文学术语，意为黑洞的边界。

但我们永远也看不到它。它的光被困住了。

　　我去找亚哈船长，请求他允许我坐游轮配备的汽艇直奔卡普里岛。这是个很无理的请求，但他同意了，哪怕他不得不为此稍微偏离航线，好让我在适合的小港口登陆，再找船出发。于是，天亮时，在汪洋当中，我像一条人类鲥鱼，比小更小，比大更大，紧紧靠在全世界最大的游轮的船舵边，阻碍了它的进程。

　　距离乔瓦和斯黛拉失踪已有八天。

　　酒店前台，有一张字条是给我的。

　　"你肯定找错人了。没人会在这里等我。"

　　"不，不，夫人，写的就是您的名字。"①

　　我揭开已经褪色的信封。墨水笔写的指示清楚明了。租一条船，涨潮时在码头与写信的人碰头。

　　我为什么要照这个做？因为没有前路可走，回头又太晚了。

　　愚人船将在今晚起航。

　　船员包括：船长爱黎维亚·费尔法克斯。一个不会说英语的水手，项链名牌上写着"星期五"。第三位是个绅士，我盘卷缆绳时，他就

---

① 原文为意大利语。

站在我身后说道："叫我以实玛利。"

我蓦然转身面对他。他的皮肤绷得很紧，好像被钳子夹住了。他像钢琴琴弦般紧绷。他紧绷的伤口在震颤，一动不动，却并非静止。他被定在降 A 大调，当他开口说话，声音里有种奇特的颤音。

他一身黑衣，鞋面落满尘土，裤子垂挂着，好像裤子早就把他的两条腿吃光了。白衬衫已泛黄，成了象牙色。用昂贵的面料剪裁的高腰背心，乔治三世的款式。现在，它就像乔治三世一样，已退隐到自我湮灭的黑洞中了。他没有系领带。拖到地板上的长外套的大口袋里有一袋面包卷。帽子已承受住了整整一生的当头打击。他跟我说话时摘下了帽子。他的头发滑落在脸上，不见一丝灰白。我去过火山口，低头瞥见熔岩，炽热而遥远。他的双眸也是如此。

他的举止非常绅士。讲话时，把帽子捧护在腹前。语音沉静，但毫不含糊。星期五坐在甲板上，脚浸在柔和摇动的海水里，凝视这尊决意挺立的身影。

"我会把你带到他们身边，我亲爱的 ①，还有这个小浑球。②"

"为什么你不早点把你所知的情况告诉别人？"

"我在等你。"

"你又不知道我会来。"

他耸耸肩，指着写在船身上的船名：我很着急 ③。

---

① 原文为德语。
② 原文为意第绪语。
③ 原文为意第绪语。

解开缆绳，我们在倒映星辰的海面上划出一道弧线。

我祈祷乔瓦和斯黛拉还活着。为什么我当时会同意这次度假呢？我并不情愿，是乔瓦说服我的，他再三强调这次度假对斯黛拉有多么重要的意义。我想让她快乐，我不想因为自己的情感让我们全体覆灭。

我的感受让我沮丧，我几乎从来都不能控制感情。感情自有其独立的王国，太原始，因而无法升级为合众国，但它们想要升级时，就会派遣军队来攻击我。它们应该包含在完整的自我中，但我不知道怎样和那个武装部落达成和平条约。从小到大，我一直在反抗情感的暴动，现在，情感反过来反抗我了。

我把自己和太多伤害隔离开。即便是现在，我直觉中的情感和痛苦也有一道紧密的瓜葛。照理说，我时常认为的情感应该是愉悦和快乐的。然而，在本能的层面上，也就是逻辑和道理之外的层面上，情感就是痛苦。

我爱得很糟糕。也就是说，要么爱太少，要么爱太多。只因为不想看一眼窗外，就惊恐地节节败退，结果害自己坠落悬崖，高度与窗台完全不相匹配。我的童年闹剧就围绕着"他爱我，他不爱我"的戏码，框定在英雄或恶棍的精神分裂式的套路里。淫乱的小胡子被捻成卷，圣洁的额头与性感无关，我爱的人们分组而立，要么是兴奋的掠夺者，要么是无趣的猎物。

荧光灯弥补了自然光的不足，暮色中的世界被照得太亮了，我的情感在施虐和受虐、残暴和肢解中奔突暴走。正是你会在未开化的原始部落看到的场景，我是文明人，我的情感却不是。

我想好好地去爱，想要看到你的真面目，而不是我的悲观的黑色电影里的某个角色。我想看到另一个人类的不可知性，以及，亲密的可能性。

我说是说，我周身赤裸与你相见，却时常召来我的隐身武装保镖：门齿间有隙缝、带着嘲弄的冷笑、挥着棍棒的暴徒——我的情感——总能把我罩在它们的保护下。

在我父母操办的**鹅肝酱**派对上，我为自己创造了一个面目骇人的恶魔，它会用一根狼牙棒把我讨厌的客人们砸得粉碎。这个恶魔名为"愤怒"，最好的朋友叫"痛苦"，召之即来，却很难挥之即去。我慢慢长大，恶魔和它的好友联姻后生生不息，现在我就像白雪公主有七个小矮人那样，有了一个恶魔小家庭：**愤怒，痛苦，害怕，紧张，冷酷，噩梦，无情**。它们护佑我柔软的心，并以此为食。我该怎样哄骗它们离开呢？离开它们的肉食，忽闪着眼睛飞向天上的光？

我认识乔瓦后，曾有一段短暂的解脱感。接着，我潜意识的守护者又收复失地。故态复萌，旧恶习扭曲了新机遇。如果说我有一支恶魔小分队，他就有一个营的兵力。他有一个优点：从不把性称之为爱。

我认识斯黛拉之后兴奋极了，和另一个女人做爱让我震惊至极，苦难必须用更长时间重新集结。在行为方式上，旧有的习惯无法得以重建，因为我以前根本不知道有这样的事。新事件带来崭新的震撼，并展现威力。

就这样过了一段日子。后来，恶魔组重振旗鼓，一扫发育不全的面孔上的震惊表情，又朝我冲杀过来，领头的是**紧张**和**害怕**。

我做了一件非同寻常的事。或者说，对我而言是非同寻常的。当它们假借我的声音，把斯黛拉推向死亡时，我的激辩、我的机智穷凶极恶地反扑过去，挡在它们和她之间，把她从黄泉路上拽了出来。我的爱人不是我的敌人。它们才是。

如果这样做能够成功，必将耗时数年。我必须找到那些年月，因为我想在你面前，赤裸相见。我想好好地爱你。

就是现在，进入心意已决的海水。所有可能的宇宙叠加之总和，就在这艘船头，在这根桅杆上，在此时此地。海上坐标标注了我们航行时所在的位置，但我们的波函数同时标注了我们在哪里，以及，我们不在哪里。看着吃着炖肉的以实玛利，我不会信誓旦旦地说他只在这里、绝不会在其他地方。他的身体兀自延展。他更像是一组星座，而非一个人。瞧，这是他的腰带，他的手臂，他的腿，他的头脑，谁知道？他的各个部分都闪现着星光。

我曾就波函数的问题和乔瓦争论。那在他看来是可操控的事实，但在我看来是想象中的虚构。就实验来看，电子毫无疑问会呈现同时发生、互相矛盾的动作。那暗示了我们什么？我们的现实世界？我在意的是没有记录的那部分：困难，梦想。

我们不能再谈论原子，因为"原子"意味着不可分割，我们已将其分解。

假如现实世界意味着"实际上存在，既非仿造亦非推断所得"，那么，我们还能对此加以讨论吗？真正存在的是什么？宇宙已变成了图形谜语。

我触摸你，你就消失。你总是逃开我，我离你越近，你似乎就逃得越远。我越了解你，你就越神秘。**我思故我在**，还是，**我爱故我在**？在我向外部延展的生命中最透彻的位置上，能够界定我的就是我对你的爱，不是木筏或救生圈，变量中的定量。

包括我在内，所有物质都是暂时存在的。物质有一种永远存在的趋势，似乎也会无限分解，因为没有所谓尽头。有振动，有关联，有可能性，我们的现实生活就是在这些状态中形成的。

静止的以及仍在移动中的物质，不安定的以及已形成的，共同构成线性悖论的两面。如果物理学是正确的，那么我们既非生，亦非死，不像我们通常所理解的那样，而是处于不同的可能性之中。

荒谬？是的。我知道这很荒谬。我刚刚埋葬了父亲。我们在坟墓边时，牧师念诵经文，我奶奶轻声地自言自语，一遍又一遍，"大卫在天堂，大卫现在在天堂里"，我的头脑里反复推演的是薛定谔的猫，薛定谔的猫。

薛定谔的猫，这个实验就好比在常识的餐桌边、在彬彬有礼落座的宾客间，新物理学打了一个夸张的大喷嚏。请想象一只猫在盒子里，头上有一把枪。枪的扳机连在测量放射性含量的盖革计数器上。触发计数器的是一块铀，铀分子非常不稳定。如果铀衰变，就会让盖革计数器进入警备状态，继而联动扳机开火，这只虚拟的猫就是如此命运多舛。为了观察猫的命运，我们必须打开盒子，但在打开盒子之前，猫是生是死？如果演算猫的波函数，结论将是：它既不算活着，也不算死了。波函数描述了猫的所有可能状态的叠加总和。在测量并得到数据之前，我们无法切实知道粒子的状态。无论你是不是喜欢猫，猫总归是一系列粒子。它和整个宇宙一样，拥有潜在的可能性。既是有限的，又是无限的，既是死，又是活。这是一只量子猫。

荒谬？是的。爱因斯坦无法驳倒数学，也不能否认诸多实验证据，所以他恨死了这个结论。这算是什么结论？事实是：我们不知道，而这只猫蒙骗了我们。

打开盒子？我不。我要看到我期待的景象：猫要么生，要么死。我不能越过自己的三维的世界观，那种把世界定论为好与坏、黑与白、真实与非真实、活着与死去的世界观。数学和物理，就像宗教以前所做的那样，构成了通向更高备选之路的通道，那是一个可以被理解但无法被感知的现实世界，一个和常识背道而驰的现实世界。地球不是平的。

"你看到的，并非你以为你看到的。"

"你说什么？"

"阴影，征兆，奇迹。"

"你是谁？"

没有答案，就算有，也被我们的少年水手的大叫声淹没了："星期五！星期五！星期五！"我们已经航行了大约九小时，已是第二天清晨。

大约半小时前，星期五望见了一条船，倾斜得很严重，没有收到无线电讯息。我飞快地旋转船舵，以至于折断了手指，但我后来才注意到。我父亲去世时，我足有两年没见过他。直到我坐到他的床边，我们之间还隔着两年的时间，隔着很长的一段路，他的死讯就像一只玻璃杯在远方破碎。现在，碎玻璃才掉落在我的头上。他的死，以及，他们的死。

我们把船开到那条船边，我一跃跳上那条船的甲板，同时大声叫星期五稳住我们的船。斯黛拉躺在甲板上，闭着眼睛，倒在血泊中。我小心翼翼地翻转她死沉的身体。我的心都快跳出嗓子眼了，我吐了——她的臀部和大腿根部被削掉了。

甲板下有动静。我不知道我该期望看到些什么。乔瓦用上半身撑着，硬是把自己拖出了船舱，上唇和下巴上血迹斑斑。他手里拿着一把切鱼刀，看到了我，惊惧，恐怖，不信，释怀，继而晕倒。

我如在梦中，用无线电呼叫直升机来救援。以实玛利跪在斯黛拉身边，他的脸凑近她的脸，他发出一种召唤猎犬般的嗤嗤声，如泣如诉，如号角声，响彻他狂野的悲伤。他把手放在她受伤的大腿上，照在他手背的阳光如同光做的药膏。他拿起一样东西，放进嘴里，用唾液清洗干净。再把那东西取出来，涂抹在斯黛拉的眼帘上、脸上。光照之下，那东西清晰可见。他用手指掰开她的双唇，将钻石放在她的舌头上。

"爸爸？"

她还活着。

直升机把乔瓦和斯黛拉从破损的游艇上吊起来，送走了。我别无选择，只能扬帆驾船，和星期五、以实玛利回到港口。天空压得很低，我们的桅杆像是电车的电线一样拖曳在电光闪耀的星辰间。我们加速。

我：你是谁？

他：暂留之地的暂留印记……自时间开始之时起，你和我就一直坐在这里，谈话，倾听，把酒瓶传来传去。但这不是我们，或者说，是另外的我们，被特别划分出来的我们，暂时成为实在的人形，并同时淡去，消失，取代我们自身。

死尸令空气厚重。吸气，呼气，每天都呼吸着火葬之物。死者的气息灌注肺部，你的肋骨笼罩的风箱就是百万死灵的归宿，它们和你一样高，和你一样不确定，母亲，父亲，姐妹，朋友，暂居风旋气转之地，从统领者腐败为气息。

你以粒子物理学为生。你就是一座科学博物馆。

无论它们的名字还是影响力，无论用珠宝还是晦涩法咒，都无法让扁小如螨的它们逃脱你鼻腔的吸力，它们会讲述什么样的故事？此时此刻，你的身体里含有什么你不知道的东西？一位凯撒，一位拉斐尔，莫扎特的一滴泪，拿破仑在滑铁卢彻底了断的肠胃问题？呼吸，来一次强势有力的呼吸，征服几个王国。你那愚蠢的鼻子已把罗马吸干净了。你张开的嘴巴吐出了泰晤士河。

什么罗马？什么泰晤士河？剥落的石块，掰碎的面包，圣彼得脚下的尘土，圣殿里的铜绿色锈蚀，1603年复活节周日的花瓣，漂流的驳船，战舰的油污，羊毛的拧转，鳗鱼的快游。兽脂，毛毡，油，食物，物质分解形成肠气，分解再分解，转移再转化成你，你是星尘，尘归尘。

死者笑到最后。屏住呼吸，你就变成它们，不再有空气，沉入坟墓。让洁净清新的空气潜入你的肺，你必须以浮游生物为食，如同鲸鱼。

要叫你庞大固埃①吗？唱着"嘿嘿嚯哈"的巨人②打算干什么？你自称为女士，像剪烛花那样剪指甲和趾甲？你的空气周转一圈，如同波希③的噩梦。君主们和猪农们滋养了你鼻腔中的草木。你活的这辈子仰仗于历史的堆肥，你还能自称为清廉的正人君子吗？

想打喷嚏？我跟你说了这么多，你竟然要打喷嚏？自称为维苏威火山吗？你深藏的熔岩喷发出来，已把庞贝夷为平地，瞬间凝固为时间的残骸。你把台面和宫殿一锅炖了。

尘归尘，土归土，气归气。

"耶和华神用地上的尘土造人，将生气吹在他鼻孔里……"④

吸气，呼气。

风扬起的地方随风吹行，你迎面撞上乌克兰农妇的丰收谷物。1947年冬天的鹅毛大雪。帝国大厦的一块玻璃。你呼吸什么，你就是

---

① 16世纪法国名著《巨人传》的主人公，作者：弗朗索瓦·拉伯雷（1483—1553）。

② 《杰克与魔豆》中的巨人上场时会唱的口头禅，"Fe Fi Fo Fum"，后来成了英国童谣中常用的一句话。

③ Hieronymus Bosch（1450—1550），荷兰著名画家。

④ 语出《圣经·旧约·创世记》。

什么。

你呼吸什么，你就梦见什么。日光下漂游不定、奇异浮现的画面，到了返璞归真的夜里，随着粒子世界变成你，画面就将融汇合并。

死者复活，被摧毁的再获重建，还有音乐，舞蹈，菜谱里找不到的美食。你的身体将空气荡涤清新，你仍然是完美的黏土所造之人，友好待人，活力四射，能够被他人所呼吸，也接受吐纳同样的气息。

那样的气息就是画面。调香师的技艺就是你擅长的艺术，你把空气的奥秘一一解开，转化成空气自身的语言。金字塔属于你和遍行五湖四海的方舟。男人和女人听命于你，聚集成群。随手采撷的一株三叶草将你吸入，回到那个夏天……

吸气，呼气。你呼吸的是时间，以及，时间的衰败。物质自行处置自己，但依然保留它的回响，它的形态，它维持片刻的能量的形状。

中世纪的人们认为，受到诅咒的人都住在撒旦的肚子里：火热的口袋般消化不良的器官里，但无论受诅咒的还是被拯救的，我们仍继续在彼此的肺里存活。氮气，氧气，会讲故事的碳。

别误解我。这不是死后的来生，没有来生，只有生命。持续逃离其所栖生的形态，把生命的躯壳抛在其后。尘归尘，土归土。历史就在你的鼻腔里。

我：你是谁？

他：看看镜子，爱丽丝，你是谁？我们是怎样的桌语者，穿越常识的以太空间，互相召唤。

　　我：我们素昧平生。

　　他：我们此刻的所作所为，并不存在。

　　我：如此亲密，却如稀薄的空气。

　　他：如此难以置信吗？

　　我：总在离奇的地方找到真相。

　　他：可能被相信的一切，都是一幅真相的画面。

　　我：你是谁？

　　港口。喧嚣，鱼，捕蜘蛛蟹的渔网，一卡车的矿泉水和气泡酒正在卸货，港口小餐馆外面的意大利面包棍堆成小山，宽红白条纹的遮阳雨篷，观赏鱼缸里橘红色和琥珀色的鱼，碎冰上的龙虾螯钳被绑住，泛出阴森的青蓝色。

　　孩子们和男人们忙着跳上跳下，奋力拖拉，高喊的号子从高高的桅杆传到湿漉漉的石头边。这儿那儿的机车马达突然响起，雄性激素不耐烦地嘶吼，想在拥挤的港口里杀出一条路来。

　　女人们三三两两地凑在一起，检查从货舱中拖吊上来、从卡车上卸下来的货物。男人们两手叉腰，双腿叉开而立，无论被人指责短斤缺两，还是货物破损，他们只管粗声粗气地否认。与此同时，女人们挥舞着打印出来的订单，冲着送货的男人们千篇一律的"**不，不，不**"尖声尖气地爆出一连串咒骂。海鸟和猫在争夺垃圾。

　　仁慈的太阳，开阔的天空。大海像婴儿的澡盆一样清白。浓烈的咸味，迷迭香、洋蓟和牛肝菌的香味飘荡在空气中，带着一丝诱人的土腥味。食肆的外面，赤土陶器中的红色天竺葵正是初夏的光彩。有个男孩来吃青椒比萨。我有了一种简单明了的感觉，我饿了。

把船驶入租用港口区时，我看到了意大利的警察。当然，星期五已经跳上岸，熟练地将我们的船绑定在船柱上。我转身去找以实玛利，他已消失。

我只能独自解释此番游历的前因后果。

既然真相肯定会被视为不符事实的说法，所以我决定撒谎，最可信的解释通常都是谎言。你怎样向别人介绍你自己？在任何情况下，在警察局的牢房中，地球仍然是平的。

审 判

JUDGEMENT

陪我一起走。

故事说到这里，我只能交代后来发生的事：斯黛拉做了整形手术，从此以后，她走路时会有点跛。

考虑到当时他曾短暂地丧失理智，乔瓦得以免受刑事诉讼。

"所谓短暂，就是他这一辈子。"斯黛拉说。

我去医院看望他们两人。他的身边尽是听他讲述传奇求生故事的意大利护士，但他不会讲自己吃掉妻子的那部分。她躺在一间没有镜子的病房里，阳光照亮她的头和脚，她好像熠熠生辉。

她：乔瓦从我身上剜掉一块肉之前，我就决定和他离婚了。

我：别说了，好吗？他差点害死你。

她：受害者还是自愿之人？

我：他对你撒谎。

她：他是个骗子。

我：在这一点上原谅他？

她：我原谅他了。

我：什么？

她：我也原谅你了。

我：我不明白。

她：难道我不该原谅先勾引走了我丈夫、又勾引走了他老婆的女人吗？

我：是你们勾引我的，你们俩都是。

她：受害者还是自愿之人？

我：共犯？

她：爱情的终点，权利的起点。我们要争论到底怪罪于谁吗？

我：他差一点害死你。

她：这一年，上一年，随便哪一年。我总是那个必须喊停的人。

我：你是在叫我停止吗？

她：不是吗？

*

她把手指搁在我唇上。

她：现在还不到时候。

夏季流转到秋季，斯黛拉回到纽约。我们拜访了阿贝尔·格林内特，从斯黛拉小时候开始，他们一家就一直跟随斯黛拉。他没去过那个港口。

她去意大利时，他就跟丢了这个祖传的人形钻石矿。我们把钻石给他，他把它举高，在光线下确认了钻石。我觉得，在那个大雪之夜，乌塔溜出家门，并看到她的灵魂在无动于衷的大海上向她飞来时，我也在那间红色的厨房里。

她的灵魂，还是斯黛拉的？犹太人相信灵魂在出生的那一刻就栖息在身体里了。在此之前，在灵魂的形象变成血肉身躯之前，灵魂总是保持不受束缚的结晶态。生命的波函数散布到一张可爱的小脸蛋上。除了你租用的这具肉身，我还能有怎样的办法认出你？如果我爱得太过，请原谅我。

乌塔看到了什么？乌塔，在水下，看到了头等舱、二等舱还是丘纳德航运公司的大门口？也许是我奶奶擦亮了门前的黄铜招牌，让闪光千里迢迢掠过大海和常识。

我父亲爱过乌塔。斯黛拉记得在去斯塔顿岛的渡轮码头上见过他，他给她带了一套玩具：塑料纸下灌了铁屑。用一支磁力钢笔，她可以用铁屑拼出不同图案，不同的面孔。她用这支笔画了一幅画，画的是我父亲和她母亲在儿童动物公园里做爱。她爸爸看到了这幅画，越发封闭了自己。

我是我父亲的女儿。我长得很像他。斯黛拉的眼睛和她母亲的一模一样。我不知道这说明什么，如果真有所意味的话，也许，有些事要花好几辈子才能完成。

也许，我也一样有了更多幻想，用我们尚未拥有的工具去看到远胜于肉眼可见的画面。

"征兆，阴影，奇迹。"阿贝尔听着我们的故事，坐在他的椅子里前后摇晃，用食指和拇指把玩着钻石。

"恶灵。"他说。

"爸爸。"斯黛拉说。

阿贝尔摇摇头，又点点头，最终把钻石放在斯黛拉的掌心里。

"这注定是给你的。"他说。

陪我一起走。一条又一条街道，一个又一个十字路口，很久以前在哈德孙河边将牛只赶进屠宰场。斯黛拉，拆解再重构这座创造出来的城市，向我展示了曾经有过、没有过的场景，慢慢升腾的梦想，汗水和巧思。

困难，梦想。淘洗你这具活生生的泥水之躯，从中淘出金来。但河水汤汤，从不会两次停留在同一条河里，时间向前急流，有时留下一道涡流，半旋倒转，嘲笑着时钟。

我的时间，我父亲的时间，我奶奶的时间。时而分流，时而汇流，汇入洪流，以及我从未见过的男男女女的哭声，空间和岁月在我的河流里受阻滞留，在一段时间内，选择我，作为一段有知有感的历史的积淀。

你包含了什么？死亡，时间，千年之光。在你内部洞开的膨胀中的宇宙。什么在你的回忆中沉出了盐粒？过去的回忆，以及未来的回忆。如果宇宙是在运动中的，宇宙就不会只在一个方向上运动。我们认为我们的生命是线性的，但其实是地球的旋转容许我们去观察时间。

陪我一起走。

两只麻雀俯冲向面包卷。一个女人的鞋上溅满了泥。一个穿着长袜子的小孩在中国杂货店外的一个鳗鱼桶上戳戳点点，他父亲的肚腩在他头顶上摇晃。透过理发店的窗户可以看到，白毛巾已铺在了后仰的颈项上。一个老人身前背后挂着写有**"末日将近"**的纸板，拖着脚步慢慢走。

货运列车和玫瑰园，热狗摊和晚间新闻，关门大甩卖，清仓。

楼上的一间屋里飘出油炸的气味。在那之上，有架钢琴叮叮咚咚地弹着莫扎特的歌剧"……**只要她穿着衬裙**……"。

阁楼敞开的窗外挂着一只金丝雀鸟笼，就在街道的正上方，笼子里的住客梳理着羽毛，一展歌喉。

他们正在吊起隔壁人家的屋顶。起重机的大嘴里叼着房梁。这只用于建造的大鸟戴着安全帽，帽上点着灯，浑身的钢铁都在吱吱嘎嘎地呻吟。已建好以及未建好的门槛上，木梁和几个人影保持着平衡。

更高处，更远处，闪亮的红色数字标明日期和时间：11 月 10 日，19：47（纽约城，太阳处于天蝎座）。

蓝天的光线变成黑色，穿行的汽车在桥上拖曳红色的灯迹，刹车灯叠影安全信号灯，红色之上的红色。

宇宙高悬于此，在这狭窄的海峡中，此时此刻凝聚着无限和无量。空间和时间不可分割，历史和来世皆是当下。你记得什么，你创造了什么。宇宙在你的身体内弯曲。伸出你的手，吻我。这座城市是一星花火，光迎向光，布鲁克林大桥上有霓虹和石英，以及，星星的炽亮。

他们在下方的河岸放烟花，空中爆现五光十色。无论是什么点燃引线，都会将你远远抛出，越过你生命的边界，飞入一种短暂而彻底的美，哪怕只是片刻，也已足够。

珍妮特·温特森小传

　　1959年，珍妮特出生在英国曼彻斯特。她的母亲安当时只有十七岁，在一家名为拉夫尔斯的工厂工作，为玛莎百货公司缝制外套。

　　安有九个兄弟姐妹，她无力抚养自己刚出生的女儿，于是，珍妮特被温特森夫妇领养，杰克和康斯坦斯在附近的阿克宁顿镇将她养育成人。

　　珍妮特的养父母是五旬节派的信徒，这个宗教福音派团体或多或少是按字面意思理解《圣经》的，并笃信基督复临和世界末日。

　　珍妮特的养父母打算把她培养成传教士。除了与宗教有关的书籍，家中不允许藏有别的书本。正如温特森夫人所言："书的麻烦就在于你永远不知道书里讲了什么，等到知道时又太晚了。"

他们家里只有六本书，包括《圣经》和克鲁登的《圣经索引》。但还有另一本书——意料之外，不合规矩——马洛礼所著的《亚瑟王之死》。这些关于圣杯、兰斯洛特和格温娜维尔、亚瑟王和圆桌骑士的故事和《圣经》一样，成为珍妮特的想象力的原点。

珍妮特就读于女子文法学校——阿克宁顿女子高中，之后就读于牛津大学圣凯瑟琳学院英语系。

在读完高中和上大学之间的一段时日里，珍妮特晚上睡在小汽车里，白天开着卖冰激凌的小货车，兼职在殡仪馆打工，并且开始了初恋。

她初恋时是十六岁，爱上的是个女孩，这意味着珍妮特不得不离家。她的养母问她："为什么明知有什么后果，还是要去见那个女孩？"珍妮特回答说："她让我快乐。"

温特森夫人的回答是："你可以当个正常人，为什么还要快乐？"

她是一个很粗暴的哲学家。

从牛津大学毕业后，珍妮特在伦敦的圆屋剧院工作了一段时间，圆屋的艺术总监是传奇制作人、演员塞尔玛·霍尔特。"我什么都干：写演出介绍，卖冰激凌，打扫，当塞尔玛的司机，整理剧评，还要想方设法向 Time Out（《暂停》）等杂志卖广告位。"

1983 年，潘多拉出版社成立（在英国女性媒体的全盛时期），为了应聘一份工作，珍妮特去参加面试，交谈中，她向招聘方的主管人提到自己有意写一本名叫《橘子不是唯一的水果》的长篇小说。

那位主管就是文学经纪人菲利帕·布鲁斯特。她说："如果你按照你说的那样把书写出来，我一定会买。"

珍妮特没有得到那份工作，但她确实把那本小说写出来了，《橘子不是唯一的水果》在 1985 年出版面世。

温特森夫人说："这是我第一次用假名订购一本书。"

珍妮特很幸运。这部小说经由口耳相传，在各个独立书店里大卖。之后又赢得了几个奖，引起了媒体的关注。仿佛一夜之间，这本书就不会被摆在"果酱和橘子酱"的分类区了。

那时候，不用花多少钱就能好好生活，珍妮特得以全职写作，缺钱的时候再打点零工。到 1987 年《激情》出版后，她靠写书就能挣到足够多的钱了，之后就一直写作。

1994年，珍妮特做了两件事：离开伦敦，搬到英国西南部的科茨沃尔德，一直居住到现在，还在伦敦最东端的斯皮塔福德区买下了一栋被弃置的老屋。那时候，愿意住在蔬果老市集附近的人还很少。

珍妮特用了两年多翻修了她买下的老屋，重新在一楼开起了店铺——那儿从1810年开始就曾是商铺，断断续续开了一百多年。直到今天，珍妮特仍是这家名为"佛得角"的小店的业主。在哈维·卡巴尼斯的经营下，这家店获得了商业上的成功。珍妮特说："这家店看起来赏心悦目，对附近的居民来说也很有好处——尤其是现在，整个社区正在转变为所有人的游乐场。"

如果你想了解珍妮特和她的生活，可以买她的回忆录《我要快乐，不必正常》来读。

2009年，珍妮特遇到了心理学家、经典著作《肥胖：女权主义议题》和《性的不可能性》的作者苏西·奥巴赫。

苏西与婚龄三十四年的伴侣分居已有两年，当时，珍妮特也和前任——剧院经理黛博拉·沃纳——分手两年了。

出乎意料的是，苏西和珍妮特相爱了，并且爱得让人不可思议。她们在2015年结了婚。珍妮特仍长住在科茨沃尔德，苏西则长居伦敦。

"实现爱情和生活的办法有很多种。要有点创意！"

珍妮特吃的很多蔬果都是她自己种的，她还与人合作养了一小群品种稀有的绵羊——荒原之狮。

"我是个务实的人。我喜欢弄脏双手。我喜欢自然、大地、动物，喜欢生活在靠近大地的地方。如果我不在读书、写作或睡觉，我通常都在户外待着，无论天气怎样。"

珍妮特凭其佳作获奖无数，著作已在十八个国家翻译出版。

她也是曼彻斯特大学创意写作系的教授。

如果你想了解更多关于珍妮特的信息，请登录她的官方网站 www.jeanettewinterson.com。

或者在推特上关注她 @Wintersonworld。